INK

文學叢書

084

荒島遺事

鄭鴻生◎著

荒島遺事

【目次】

1974／75 緑島簡圖

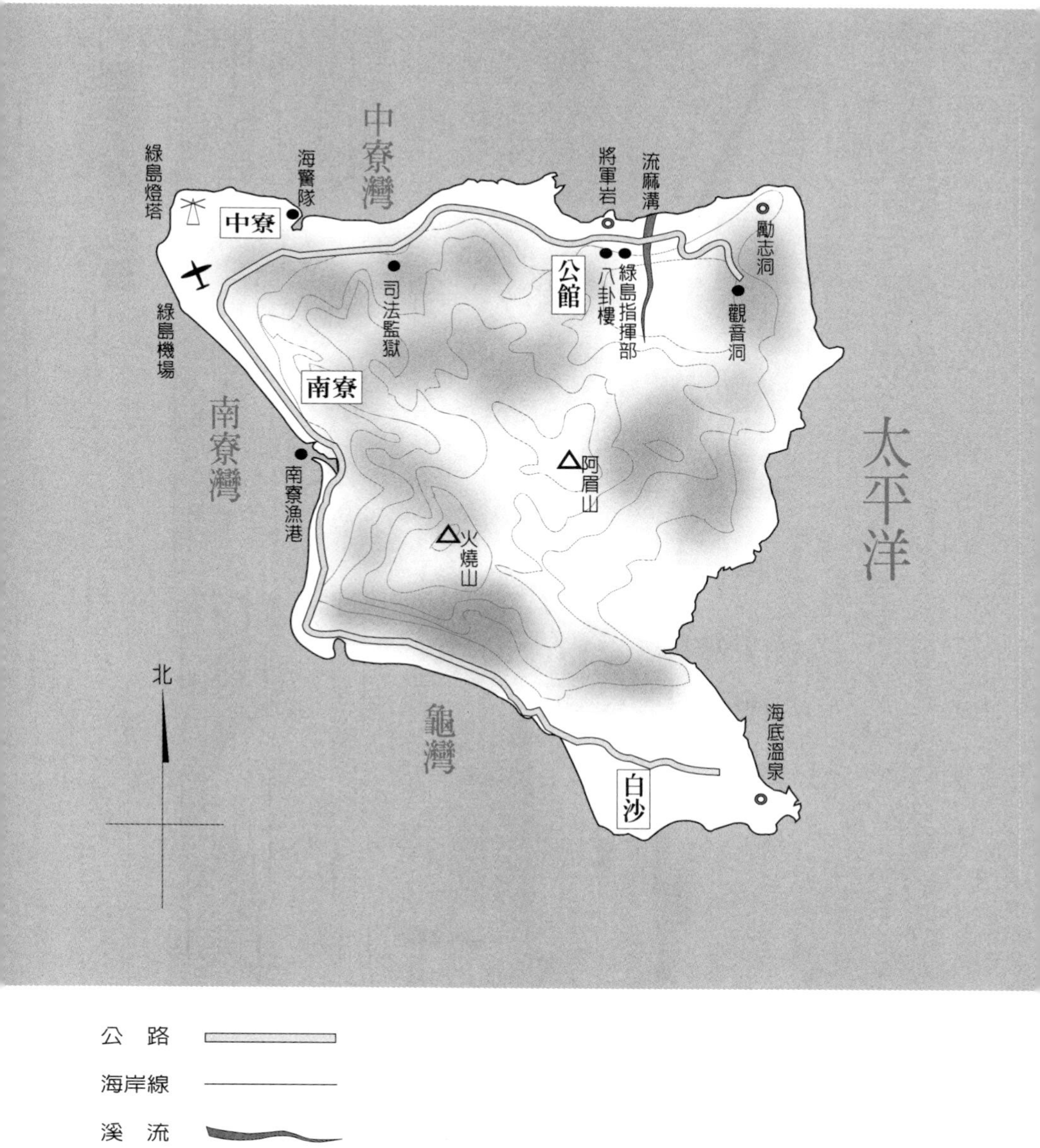
中寮灣
緑島燈塔
海警隊
中寮
將軍岩
流麻溝
勵志洞
公館
八卦樓
緑島指揮部
觀音洞
司法監獄
緑島機場
南寮
南寮灣
南寮漁港
阿眉山
火燒山
太平洋
北
龜灣
海底溫泉
白沙
公路
海岸線
溪流

1974/75 綠島指揮部全圖

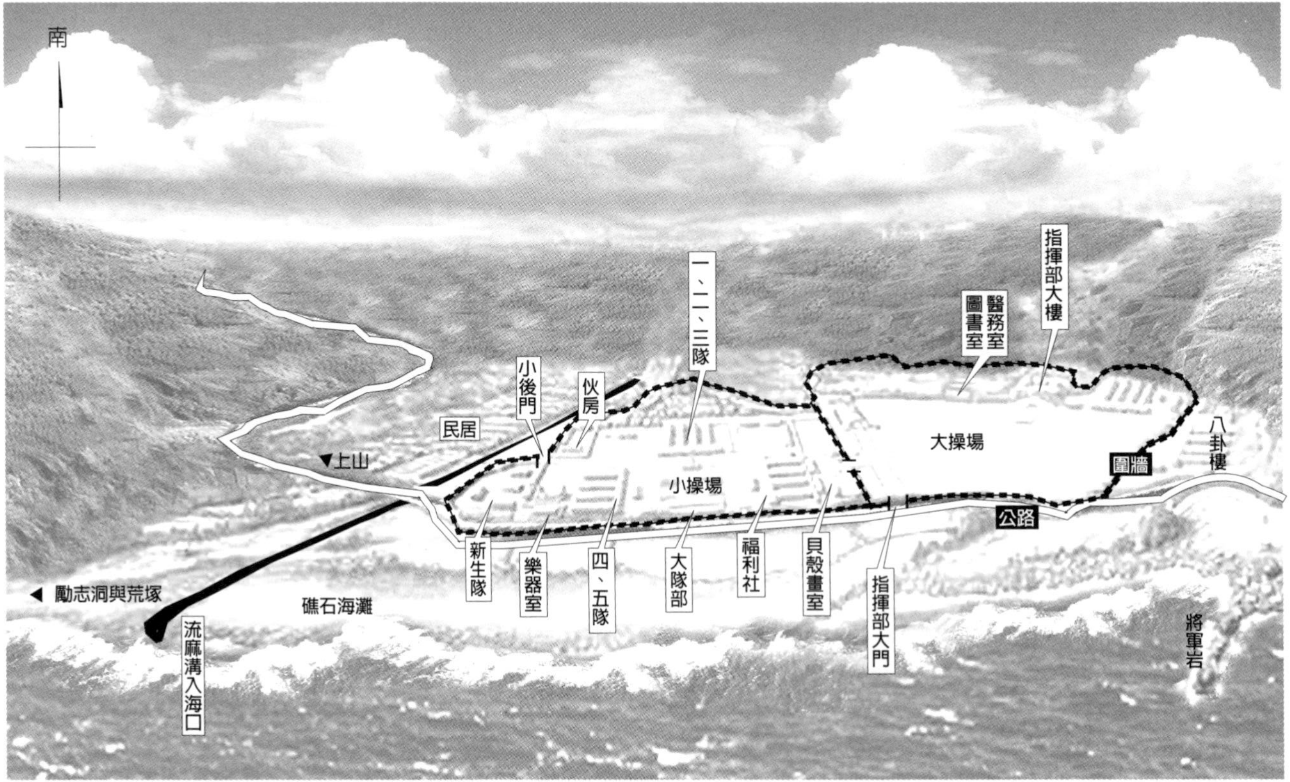

渡海

那是個四月天的下午，經過幾天的淒風苦雨終於放晴，夏日尚未正式降臨，東台灣的太陽卻已熱得令人發昏。我們一夥同一梯次來報到的總共十九個人，在台東富岡漁港集合上船。幾天來船期因風浪太大而一延再延，據說今天終於風平浪靜可以啓航了。我們每個人各自扛著一隻草綠色大帆布袋，裡面裝著所有家當，也帶著一顆沉重而懸宕的心，跨上一艘瀰漫著魚腥味、噸位不大的客貨兩用木造渡船，目的地是那孤懸太平洋上彼時甚爲惡名昭彰、俗稱火燒島的小島——綠島。

小船上不只我們十九個人，還有等了好幾天船期的其他乘客，回家的鄉民、回營的軍人、探親的家人等。要過海的不只乘客，還有積了好多天的貨物，各種菜蔬與日用品，把船艙擠得幾乎水洩不通，不少旅客遂站到甲板上。出發前就有人警告說，爲免暈船最好不要待在船艙裡，而我也受不了艙裡的魚腥，遂不顧烈日曝曬，爬到甲板上來。

小船駛出港口之後就開足馬力，朝小島方向挺進。這天下午雖然烈日當空，但海面仍瀰漫著一絲霧氣，孤島籠罩在遠方的一片陰霾中，若隱若現。而船下則是波濤洶湧的暗黑海流，這是從南太平洋北上的黑潮，流經台灣與小島之間，來回船隻必須奮力衝過。

小船搖搖晃晃破浪前進，並吐出濃濃的臭油煙味，船員卻說今天風浪不大。但船行不久就有不少同行者被這離心的晃動，加上魚腥與油煙，攪得嘔吐不已。我坐在甲板上，努力集中心神眺望輪廓逐漸明晰的遠方孤島，卻也幾度感覺來到了五內翻騰的邊緣。雖說那座離台灣海岸不遠的小島，天氣好的時候從東海岸清晰可見，而航程也才兩個多小時，但對我們這些第一次飄洋過海的書生，卻可說是無盡的折磨了，更何況我們要去的小島在那個年代又是個令人聞之色變的地方。

經過兩個多鐘頭的折騰，小船終於在小島西岸的南寮漁港靠岸，頭上依然是茫蒼蒼的天空與赤焱焱的日頭。這裡雖說是漁港，卻看不到幾艘漁船，碼頭設備也相當簡陋。港口腹地甚小，碼頭邊有些老舊的房舍，視線越過這些房舍之後就看到背後的山丘了。山丘只有海拔兩百多公尺高，山坡上大半是低矮的灌叢，看不到幾棵大樹。這些灌叢從山坡一直延伸到港口邊的海岸，看來大半都是林投。

小船即將靠岸，我們就看到碼頭上停著一輛敞篷軍用大卡車，旁邊站著一位軍官，應該就是我們要報到的小島指揮部派來接人的。碼頭上還有一隊人馬零散站著，他們穿著灰撲撲皺巴巴的制服，有著曬得黝黑通紅的臉孔與手臂，頭上則歪七扭八地戴著一頂同樣灰撲撲皺巴巴的鴨舌小帽。他們的帽子乾癟坍塌不成樣子，有些人就乾脆不戴，露出理光了頭髮的腦袋，遂又洩漏出他們的特殊身分。他們或坐或站，或斜倚在可以倚靠的什麼東西上，眞像一群不成隊形的散兵游勇。

小船終於靠岸，我們再度扛起大帆布袋，懷著懸宕不安的心情疲累地跳上岸。那位等在碼頭的中校軍官拿著一份名單，一一點完十九個名字，即呼嘯大夥兒上車。我們從軍車後面先一個個把帆布袋丟上車，再一一爬上去，就幾乎把車子塞滿了。

這時我注意到那群在旁邊待著的散兵，雖然他們形容歪扭，但打從我們一上岸他們就瞪著我們這批人看。說「瞪」卻是低估了那種凝視的威力了，我感覺到從他們每個曬黑的臉孔上射出來的兩道目光，不只極不友善而且殺氣騰騰，像是在古羅馬的格鬥場上，要將對手在心理上先行擊倒的凶光。

我們心裡很快明白了他們的身分，而他們也很清楚我們所爲何來，而將所有騰騰的目光都射向我們。我們這夥人大半低著頭聽著中校軍官的指揮上了車，只把眼角餘光飄向他們，又趕緊收回。我不安而疑惑的目光不經意地與之正面交鋒，頓然一震，背脊升起一股寒意，心則急速地往下沉。

原來他們就是我們要來管帶的「兵」！是被台灣治安機關移送外島管訓的「社會頑劣分子」，歸這小島的指揮部所列管！他們這時被派到港口來卸貨，然後還得將這批軍需給養挑回指揮部。而就在這小島的出入關口，他們給我們這批新到軍官的見面禮，竟是這種殺氣的目光！我們上了車之後，這輛軍車車就直奔指揮部而去，我從車後看著正在卸貨的那批管訓人犯，漸行漸遠，然而剛才的震撼卻久久未消。

這是一九七四年四月六日接近黃昏的時刻，我們一行十九個剛分發下部隊的預備軍官，帶著沉重懸宕的心情來到這孤島報到，而我更是帶著滿腹的異樣情懷而來。

就在大半年前的一九七三年初夏，我才從台大哲學系畢業，而在十月十三日赴台中成功嶺報到，正式入伍受訓三個月。一九七四年初我轉赴北投復興崗政戰學校，接受三個月的分科教育。就在一個星期之前，我們才剛從政戰分科教育結訓，分發到這孤島，並且將在這個小島上度過尚餘的一年四個月的役期，直到隔年夏天退伍。

「我平安到家，妳沒傷心吧？

畢業後拖到現在才回家，卻發現我母親得的不只肺炎，還有心臟病，雖屬輕微，但也令我輾轉難眠了。沒有衣錦榮歸，沒有帶回慰藉，只帶回煩惱與操慮，想到這些不禁令我汗顏不已、全身發顫。好像把自己搞成這副德行是個陌生的我似地，覺得過去毫無半點理性的因子存在。

……

回家後當監工，我家在蓋房子，可以磨掉等待入伍當兵前的無聊時光。

一九七三年八月七日下午，台南」

「……

前天晚上十二點，老錢放假到這裡來，直到昨天晚上才回營。他沒考上預官，當大頭兵，早在七月就入伍了。看來精神甚好，腰也挺多了，在軍中過得也愜意，令人欣慰。他說在營裡收穫頗多，自稱入伍前是塊粗糙的泥土，在軍中得以好好去雕塑它。我想確是如此，兩年的時光，接觸的人事等，都會使一個少不更事的小夥子學習如何處世的。

家裡工程進度甚慢，蓋建材缺，工人也缺。所以我目前尚得空閒，打算與阿腳一起走訪台南碩老。他在發現楊逵先生之後，興致勃勃地要繼續挖掘台灣過去的文學人物。他計畫先讀完研究所再去當兵，這將會是他下學期上東海大學歷史研究所的研究方向。這樣也好，我上成功嶺受訓時，放假在台中可去找他。還有鄭梓，他不用當兵，聽說也將在台中找事。

母親是希望我出國的，在這種情況下，我是有點動心。我當然不會去念哲學了，至少回來後可以找到哲學系找不到的出路。

廿三歲，有點老了，又覺得年輕得很，對於一個滿懷信心，把緊目標的人而言是年輕有爲，對於一個心力衰疲，毫無鬥志的，確是老了。

……

一九七三年八月十日下午，台南」

「……
前天與阿腳赴佳里鎮尋訪一位老作家吳新榮醫生的故居，得到很多珍本，收穫不少。隔兩天可能再跟他一起去高雄找一位本省作家葉石濤。
廣告抽成五百元，我捐了三百元給阿腳作爲他影印資料文獻的費用，妳不反對吧？他做這個研究所費不貲。
……
一九七三年八月十五日晚，台南」

「……
最近有個自覺，約莫看到了生命的某個樞紐，應該說某個關鍵。不，最確當的說法是我的生命本身。我目前並沒有一個身外的目標在領著我走，並沒有一個內在的欲求在推著我走。我沒有一個外在的世界藍圖（以前我以爲我有），也沒有一個自我雕塑的模型。後者對我而言是無所謂的，我一向就沒能爲自己去尋求一個美的造型。
我爲何沒有一個清楚的世界藍圖？我想主要由於我被塑造成一個較爲被動的人，我對任何人群的認同感常因而只存在於觀念的層次，太缺乏血肉關係了，太缺乏鮮活生動、肌膚之痛的感覺了。
我並沒自以爲我清楚了我自己，大部分我得承認還是一無所知。我現在的想頭是，把自己置於某種環境中，那當會發現更多的我了，而發現更多的我也就代表著更清楚於自己的路了。

……

一九七三年八月廿日晚，台南」

「……

母親前幾天要拉我去算命，蓋多年來的波折不得不讓她如此。我沒跟她去，她回來後神情頗得意，大概算出好命來了。

對於這種事，我是半推半就的。我一方面希冀著預知我的將來，這似乎提供了把生命之軌固定了的安全感。另一方面我又由衷地拒斥這種束縛，因爲不論好命壞命，對自我都是一種侮辱，侮辱了獨立人格，侮辱了個人奮鬥。如果接受了算命者的論斷，等於排斥了『自我』這東西，我成就，因爲天生如此，我失敗，因爲命中注定，那『自我』的地位何在呢？我最近是一直意識到自我這回事，我成功了，必須是因爲我用了心力，我失敗了，也因爲我已盡力了，而能無怨無悔。

……

一九七三年八月廿八日晚，台南」

「……

入伍通知已到，十月十三日成功嶺報到，還剩一個多禮拜，心情是有點異樣。

這幾天到成大那邊去，看到學校開學了，學生活躍著，又在報上看到台大幾個社團在發動捐血，這些事不免使自己一陣愴然。想起大學都開學了，啊！這種感覺很奇特。這種生活已離你遠去，你一向習慣了的，那麼熟悉的起床、到校、閒蕩、找朋友、找《大新》看、打電話給妳，這些瑣瑣碎碎的大學生活片段，在不知不覺中不告而別。當初原是在忙碌與神魂顛倒中離開學校的，如今才讓你醒來，確定自己千眞萬確地大學畢業了。

看著那些騎著腳踏車的成大學生是多麼無憂無慮啊！我還記得讀台南一中時，比鄰的成大學生也是一樣騎著腳踏車，但那時他們給我的感覺是能力與權力的象徵。那時想像著大學是一座充滿著興奮與才氣的殿堂，大學生活眞是如魚得水啊！四年之後對我而言卻變得如此落拓凋零，到處是感傷與挫折的地域。

……

一九七三年十月四日下午，台南」

「……

我一直在信中提到我們以前的一廂情願、浪漫心態，而現在我覺得更能對此做清楚的分析了。這兩年來我們一直遭遇著挫折與尷尬，各色各樣的挫折：我們的理念在公眾面前不能與人溝通，不能令人信服，內心不能自得。至於哲學系的二月風暴，以及以後的不知所措，甚至在反省中，都面對著很多尷尬。但我覺得我們已開始能突破這一情境，……。

以前我們是不自覺地、飢渴地、架空地拿某種東西、某種意識、某種觀念把自己套住了，……。我們就從來沒有想過，在清楚認定自己的歷史角色與地位後，我們不應盲目地、贖罪式地投入某種既成的體制。我們沒有想到，根據我們的時空位置——廿世紀末葉的台灣，我們應該並且也是我們所能做的，是自求解放，並追尋一個新的世界觀，……。我們應該使自己更自由些，而不是自欺地、迫不及待地委身某個東西。

我們爲什麼不以廿一世紀的先知先覺自命，而去當一個十九世紀的追隨者。我們若眞是無可救藥的布爾喬亞，那我們的歷史角色絕不是去充當烈士，或幻想什麼十九世紀的英雄行徑。我們是生活在廿世紀，且迎接著廿一世紀，而卻自我培養著十九世紀的胸懷。妳知道嗎？不能面對面談，我只好以我心映妳心，希望靈犀相通，妳自己尋求印證。……

我們有一個很高很渺茫的理想，而我們頂多只能如此描述：但願世界沒有壓迫與剝削，沒有任何形式的苦難，而這理想太高太遠以致毫無現實上的意義。……妳知道，我們是一種特殊的人類啊！妳看學校那些同輩，他們眞像小孩子。老實說我們也有很多缺點，但不必否認我們具有更高一層的視野，就因如此，我們必得更孤獨地走向廿一世紀。

這是明天入伍前從台南寄的最後一封信，但願我倆能將困頓化爲突破的力量。

一九七三年十月十二日上午，台南」

尋著山路而來

「……

昨天中午從營裡放假出來，我直奔大度山上阿腳處，待了一下就同他到東海花園去了。他是去做工的，我也跟著換雙破鞋，捲起衣袖褲腳，跟他挑水挖土澆花。搞了一兩個鐘頭卻一點也不累，對自己的體力甚感滿意。我們一直待在那裡吃了晚飯，飯後大家喝紅標米酒，抽長壽菸，啃著花生米。楊老先生酒酣耳熱之餘，暢快談起當年往事。我們聽著他用那蒼勁的聲音，東碰西撞地講起似乎已屬上個世紀的英雄故事，隨時又穿插著他小孫女清脆的笑聲，對照起我那軍隊的受訓生活，真有如置身世外桃源！

在阿腳處看到了那期《新聞天地》，報導年初二月我們那件事，有一種當眾被脫褲子的感覺。這實在是很糗的事，什麼事情都給抖了出來，而且當眾地。我們是那麼手無寸鐵，只能在一旁目瞪口呆，聽人耍弄。一方面是心裡氣煞！另一方面又自覺窩囊，身不由己。想想榜上有名的幾位仁兄，臉色當是相當慘白了，老錢他們久沒來信，這種赤裸裸地被塗上五顏六色，對他眞是羞辱已極了。但隱姓埋名如我們又能免於多少呢？

……

一九七三年十二月九日晚上，台中成功嶺」

「《新聞天地》那件事希望不會讓妳太掛心，說任人宰割是有點過火，但我們確實無能力去應付這局面，萬一它還有後續動作的話。其實，二月風暴的打擊都能捱過，這些尾勁還能壓得倒我們嗎？當然妳所處的環境會給妳很大的壓力，如果眞的發生更惡劣的情況，妳當以更堅強的意志與更清醒的理智去對付，不致自亂了腳步。

昨天被派去挖菜圃，心裡充滿著一種異樣的喜悅。我發覺當農夫比當兵有意思多了，把一片硬草地翻開挖掘使其鬆軟，然後又讓它長出嫩綠蔬菜，這實在太令人興奮了。比起軍隊的訓練，令人愉悅多了。雖說是在消耗同等的體力，精神上卻舒服許多。

……

一九七三年十二月廿一日晚，台中成功嶺」

「……

我們的正課全部結束了，已訂於廿八日結訓，廿九日離營，明年初北投復興崗報到。

這禮拜來就忙著考試與準備大會操。本來現在是該輕鬆等待結訓的，昨天卻突然奉命擔任最後一星期的實習值星官，眞把我累慘了。最後的日子軍心最是渙散，輪到我當班，只好硬著頭皮幹下去。

阿腳登在《中外文學》那篇有關楊老先生的台灣文學文章賺了一千二百元稿費，廿五日打算大請客。部隊現在是每假日必放我們出營，以節省伙食費，而我現在則是每假日必外出。廿五日將去大吃一頓。

……

一九七三年十二月廿三日下午，台中」

「昨晚分別實在太匆促，幸而還趕得及回營，走到營房門口正好九點。昨天能夠和妳那麼高興地談，至今餘興猶存，只恨生活被拘束著，不像往日海闊天空。還好這裡不再如成功嶺那樣被當小兵對待，因此也過得舒服些了。……

一九七四年一月七日晚，北投」

大度山上

一九七三年初夏我從台大哲學系畢業，十月十三日到台中成功嶺入伍受訓。每當週日放假我就會與一起受訓的元良來到大度山上的東海大學，找剛就讀歷史研究所的老友載爵。我們三個同年級生都來自台南，從高中開始就已熟識，載爵在東海畢業後卻先讀研究所再去當兵，就在大學附近租屋。受訓放假有著一種逃離的快感，令人感覺特別舒暢，尤其又是能與多年老友湊在一起。

這些放假的日子，我有時也會跟著載爵到大學對面造訪東海花園。從大三開始，我就曾多次在來到東海大學找載爵的機會，跟著他探訪這花園的主人了。花園主人楊逵，日據時代著名的抗日作家與運動者，是載爵兩年前在這大學的優美校園周遭多方探索的偶然發現，這時楊逵之名以及他的作品已經被埋沒了二十多年。

在成功嶺結訓前十二月上旬的一個朔風野大的週六，我們吃過中飯就被提前放出營來休假，據說訓練單位是為了節省伙食費。我一出營門就又直奔載爵處，一到沒多久，椅子還沒坐暖，他就吆喝說「走！到東海花園做工去」。他說已經安排好每個週末，他都要到花園去與楊逵一起勞動。我心想，從營裡放假出來，可是要先休息一番的，難道還要跟你去做工嗎？不過能去找楊老先生聊聊卻是個令人暢快的事，也就二話不說，跟著他上到東海花園去了。

一九七〇年代東海大學附近的山坡地還是十分荒蕪，除了楊逵的這片已經開墾得有如田園景象的花圃外，並沒什麼房舍，更談不上什麼社區了。我們來到花園門口，楊逵親切迎了上來，聽說我也要來幫忙做工，連連道謝，並稱許我們的勞動精神。楊逵老先生在一九六一年從火燒島被放出來後，來到大度山上的這片荒地默默地開墾花圃已有十多年，以自己的勞力種花賣花為生，這時這片園圃已是花團錦簇。而這些年來，我們可是第一批在湮沒的歷史中重新把他找回來的本地青年，他對我們特別感到父兄般的慰藉與期許。

這時與楊逵一起住在這花園裡的，除了他的小孫女外，還有一位他在日據時期從事農民運動時一起工作、光復後又一起被關到火燒島的農民老戰友，在這裡幫他照顧園圃。載爵很快拿來鋤頭水桶等工具，我把擦得烏亮的軍用皮鞋脫下擺到一邊，找來一雙破鞋子換上，再捲起衣袖褲管，跟著載爵挖土拔草、挑水澆花。勞動了一兩個鐘頭，卻一點不覺得累。

勞動完後，楊逵端出自做的香濃的米奶慰勞。我們待在那裡吃過晚飯，飯後坐到叢花圍繞的小庭院，繼續喝著紅標米酒配上花生米。如同往常，楊老先生在幾杯下肚、酒酣耳熱之後，話匣子就開了。這往往是他最鬆懈的時刻，不再像平常對往事的拘謹保守，開始東碰西撞地談起三四十年來所經歷的歷史滄桑。他談起日據時代台民的抗日農民組合的軼事，回憶著已經過世的老妻——被同志戲稱「土匪婆」的葉陶，又談起後來被關在火燒島的情事。楊老先生面對這兩個一心要來追尋歷史傳承的年輕人的期待眼神，也由於酒精的作用，遂將幾十年來的壓抑傾洩而出，雖然已是凌亂不成章法。他那蒼勁的聲音交織著小孫女清脆的笑聲，洋溢在這星空夜晚下的荒山花園裡。

我們如此聽他暢談到晚上九點多才不捨地離開東海花園。回到載爵住處後，兩個人又開講起來，載爵突然想起一件東西，拿出來要我看，是前不久的一期《新聞天地》。他翻開其中一頁，竟是一篇報導大半年前發生在台大哲學系我的師長朋友之間一場少爲人知的風暴。這篇報導不只把那件事情全講了出來，並且欲加之罪何患無辭，還塗上了五顏六色，對我們這此當事人扣了很多帽子，可謂對哲學系師生極盡羞辱。我戰慄地讀著這「報導」，氣憤難平，又不禁感覺到有如被當眾脫掉褲子，那般手無寸鐵，只能傻傻地站著聽人耍弄，自覺實在極爲窩囊與無能。

那是在一九七三年二月發生的事，我在台大哲學系最後一個學期的註冊開學之交，在前後幾天的時間裡，警總與調查局偵騎四出，搜捕系裡的師生及一些外系外校的同學與朋友——卡爾、道琳、老錢、一回、秩銘、譽孚、三雄、曉波、鼓應等人。我和這些師長與朋友是因爲牽涉到了一些所謂的叛逆思想，驚動了國家機器的鐵爪。而這又牽涉到我們這群師生兩年來在台大校園發動過的一連串學生的政治行動，包括保釣運動與爭取言論自由與民主的活動。

我的這群師生朋友前後被抓去審訊多日才一一釋放，而這一年台大哲學研究所也被禁止招生，堵住我們在哲學系畢業後的一條出路。我雖牽涉在內卻僥倖逃過這一劫，然而大學時代所憧憬的理想世界也因此被撞擊得支離破碎。這年夏秋我就在這樣的一種處境與心情下畢了業、入了伍。

十月入伍之後這場二月風暴本已被置諸腦後，沒想到竟還陰魂不散。而《新聞天地》這雜誌平常並不特別引人注意，竟會刊登這種極爲歪曲眞相的報導，顯然是當局將對哲學系進一步動作的先聲。如今二月風暴雖已暫時平息，但從這則歪曲報導卻可看出台大哲學系本身已經陷入風雨飄搖之境了。

這天晚上，這則報導也把我與楊老先生暢談歷史往事後的痛快情懷一掃而空，讓我久久不能成眠。

將軍之慮

一九七三年底我從成功領結訓，隔年年初我與元良同赴北投復興崗的政戰學校報到，接受三個月的預官分科教育。

一九七四年二月中旬我還在復興崗受訓的某一天，全體學員參加了這麼一次命運之力的遊戲——下部隊的分發大抽籤。這個抽籤看來公正，上千個密封的籤條全部放在一個大箱子裡，每個籤條都印著某某單位，譬如哪個師、哪個軍，或哪個特別的部隊番號。全部的學員輪流一個個上去抓籤，打開來後立刻登記。大家一般擔心的無非是怕抽到幾個特別嚴厲的野戰師與陸戰隊，或是馬上就要到金門馬祖報到，因此有些人已經利用週日放假時先去燒香拜佛一番了。

而就在抽籤之日不久前，總部的最高長官，有儒將之譽的王昇將軍來到學校，向我們這一期的政戰預官講話。我們雖不是職業軍人，但在這所學校受訓，分發後的軍職也歸他所管，因而也算是他的子弟兵了。他是帶著這麼一個訓示子弟兵的態度，在我們下放到部隊前來向我們訓話的。

這天下午我們全體學員集合在大禮堂聽他講話，開講沒多久他就直接轉入這幾年他很關心的青年思想問題。他有備而來，針對的就是我們這些大專畢業的所謂知識青年。他最擔心的是任何叛逆思想藉著包裝偷偷鑽進青年學子的心中，而在這思想的戰線上，他負有拔除這些叛逆秧苗的重責大任。

他有飽讀詩書之譽，確實不像一般武將，講起話來也絕非刻板八股那一套。他的肢體語言很豐富，像位老教授，有時一手扠腰，侃侃而談，有時身體前傾，將胳臂擱在講台上，似乎沉浸在自己的複雜思維裡。然而不管是怎樣的肢體動作，他的目光卻還是軍人的，如劍一般射出，毫無妥協對話餘地。

在昏沉的午後，台下的上千學員似懂非懂聽著他的一套當代思想理論。然後在某個論述的關節點，他突然停了下來，炯炯的眼神掃過台下的學員，整個大禮堂頓時安靜了數秒鐘。接著他嚴肅神情，大聲慢慢地說出：

「你們要知道，存在主義，就是，共、產、主、義！」

他一字一字講得斬釘截鐵，讓我心頭猛然一驚。於是他又用嚴峻的目光掃過全場，頭還微微點著，顯然頗自得於這個論斷，也期待這個論斷能深深植入他的子弟兵心中。台下的聽眾一時被他那種嚴厲的語氣與無邊的靜默所震懾，頓時從昏昏欲睡的狀態提起神來，個個挺起胸膛端正坐姿，全場一片鴉雀無聲。

存在主義反對將道德教條與主流價值本質化的哲學理論，爲一九六〇年代叛逆的台灣知識青年提供了一個論述基礎，曾經影響到諸多有著敏感心靈、追求個性解放的青年學子。然而到了一九七四年的這當頭卻是形勢已變，這個哲學思潮其實已經風光不再，之後也不曾再回潮。而且在復興崗大禮堂裡的這片黑壓壓的聽眾裡，知道存在主義在台灣是怎麼一回事的，恐怕沒幾個人，更不用說能認識到這個思潮的哲學內涵了。但是我們的將軍到了這時還是很嚴肅認眞地對待它，顯然極爲擔心他的這批子弟兵曾經或將會繼續受到這個思潮的「邪惡影響」。

將軍在這麼個斬釘截鐵的論斷之後，繼續諄諄闡述他的思想理念，台下的聽眾只覺得，腦中突然灌入一個對某種思想十分嚴厲肅殺的指控，然後又回到午後的昏沉之中，而我心裡則湧起一股莫名的悲哀與荒謬。

整整一年之前台大哲學系的二月風暴，也正是因爲牽涉到這類所謂的叛逆思想。其實在當年台大哲學系充滿求知精神的氣氛中，這類哲學思想在師生間的論辯詰問本是無所禁忌，然而卻也不能免於當權者的鎮壓。如今在風暴發生一年之後，我卻坐在這麼一個「政治正確」的殿堂裡，聆聽著一套號稱最正確的思想理論，而其中對我曾浸淫其間的思想理念所進行嚴厲指控，竟是如此轟然而來，震得我魂飛魄散。

命運之籤

終於來到抽籤的日子，大家都很緊張，卻也刻意談笑著。輪到我的時候，手伸進大箱子抓出一枚籤條，展開一看又是轟然一驚，竟然是個從來就沒想到的地方，從來就沒聽過的軍事單位。籤條上印著的是「綠島指揮部」五個字。

瞪著這五個字我一時沒能回過神，心想怎麼會有這種單位？又位於這麼一個惡名昭彰的地方？那裡會有什麼部隊？我們要去帶什麼兵？我充滿疑惑，尤其想到竟要去到一個消磨掉楊逵老先生十年青春歲月的地方，我更是楞住了。

在旅遊業不發達的一九七〇年代，這個一般俗稱火燒島的小島對於本島人，尤其是住在西海岸的人來說，不只是個相當遙遠的地方，只能在一首纏綿的歌曲〈綠島小夜曲〉裡去想像，它還充滿著歷史性的恐怖意涵。那時的台灣，單是提到火燒島之名，就足以令人心生畏懼，神態立變，這個名字曾經那麼具象地傳達出當年威權體制的震懾性威力。那個時候大家原先只知道那是個囚禁政治犯與思想犯的地方，而在一九六〇年代之後，它又成爲管訓流氓與慣竊之所在，經常聽到的是在村里活躍的某某角頭被送去火燒島了，或者是在警察眼中過分不馴的某某街頭小販被移送管訓了。

如今我抽到了火燒島的籤？我手拿籤條，一時難以置信，心思整個籠罩在它恐怖之名的餘威中，卻也慢慢回過神來，開始思索著一些可能的情況。那會是個什麼單位？那裡還有政治犯嗎？會是歸這個單位管的嗎？我要去管他們嗎？我百感交集，因爲就在一年前我自己才逃過一劫，沒被抓去當成政治犯，如今卻要去管教他們，參加到壓迫他們的行列？這是命運的捉弄嗎？

我在抽籤之前原本對分發的去處抱持著不以爲意、順其自然的態度，如今火燒島的這個籤竟然令我如此焦慮不已，存在哲學教給我的「存在的荒謬感」頓時籠罩我心。當天晚點名之後，我躺在營房通鋪的床上，細細思索著這個處境，回味著楊逵老先生提過的一些情景，心裡也念著我所知道還關著的幾個政治犯的名字——柏楊、李敖、陳映眞，他們可都曾經在我青少年時期，提供給我豐沛的思想養分。我並不確知他們關在哪裡，會是在火燒島嗎？我這次去，有可能管到他們嗎？萬一眞的管到他們，當面對面的時候，我如何向他們表白？我一個人救得了他們？能幫得上什麼忙？很可能自己就先出事了。還是我最好躲在一邊，暗中出力就好？然而我竟然會被派去管他們？眞是荒謬啊！我躺在床鋪上如此鑽牛角尖，左思右想難以成眠。

幾天之內，小道消息在營裡流傳聚散，每個人都在尋找分發到同一單位的同夥，進一步打探那裡的情況。我也間接得知綠島指揮部的一些消息，首先感到安慰的是抽到那個籤的不只我一個人，而且還不少，竟然有十九個之多。然後又聽到綠島指揮部所監管的是被移送管訓的流氓與竊盜，而非政治犯。

我聽了這些消息雖然鬆了口氣，內心較不翻騰掙扎，然而不去管政治犯，見不到我所心儀的那幾位英雄，卻也讓我若有所失。更何況我們要去的是一個管訓流氓與竊盜的地方，對於我們這些雖身著軍裝卻不脫書生氣質的軍隊菜鳥，所要面對的就不只是秀才遇到兵的問題了。我們在分科教育學到的管理對象是一般的充員士兵，再難纏也只是軍隊體制下的老兵，而非「反社會」的一批人。如今卻要去面對這一種離我們十多年求學生活，有著十萬八千里遠的人類，甚至要負責管教他們，這樣的前景卻是不得不讓人又忐忑不安起來了。

結訓前我曾趁著假日回到台大去找數學系的黃武雄，回國不久的他是我們那兩年迭遭困頓孤立無援，而王曉波、陳鼓應兩位師長又都自身難保時，心裡的一線寄託，即使他一直與我們保持著神祕的距離。我以即將下部隊的可能前景就教，他同情地告誡說，當兵這兩年就不要奢望能完成什麼，讓它隨風飄逝吧！他這番話給了我很大的慰藉，也讓我在赴火燒島報到前夕多少有了些心理準備。

三月底我在復興崗政戰學校結訓時，載爵已經乾脆搬進東海花園與楊逵同住，一起蒔花植草了。我在南下回家並赴火燒島報到之前，還曾特地路過台中，再次上大度山尋訪他們。載爵不巧已因春假回去台南，我則藉此機會當面向楊逵老先生報告，我即將遠赴一個曾經消磨掉他十年青春歲月的地方，只是不以政治犯的身分。他慈藹地祝福我平安歸來。

「這兩天由於要用一隻手來決定將來，心中免不了懸宕著。如今大勢已定，懸宕之心已落，代之而起的就是未來這一年四個月要如何面對的問題了。」

在信中我只能告訴妳，我們將關山遠隔，重洋阻絕，一個妳想像不到的地方。我自己也都沒想到會有那麼一個特殊的地方我必須去。雖是這麼說，但它又與我們有過一段因緣。……

但最重要的問題卻是妳我的，我們恐怕很難得見面，我也難得回家去。後者還是小事，主要還是在台北的妳。……

一九七四年二月十九日上午，北投」

「上封信讓妳撲朔迷離，不過當妳收到這封信時想已跟我通過電話了。我想告訴妳的是，不要為我們的遠隔而嗟嘆過度，這狀況誠然令我恐慌，恐慌於這時不在妳身邊，……。

幾天來我已漸能掌握住那次談話時所湧現的意念。可以這麼說，我必須找回那殘破凋零的道德意識，這是重建自己的第一步。幾天來我隱約覺察那曾經是我上進動力的道德意識，它的匱乏即是近年來我失落混沌的原因。我迷失了多年，一直不得心安理得，常為周遭所眩惑迷亂，心中無主，如今我覺得乃是因為喪失了過去的那種單純性。

我所說的道德意識本身也是一種辯證的過程，也就是並非要回復過去的我。這道德意識簡單說就是心安理得，一種很素樸的東西，我在失落時會恥笑的一些觀念。如今我深覺這些東西是我心安之源，讓我覺得無愧於人，成一整體。

在我覺得，我生命中有兩種極大的不安感：一是倫理上的不安，一是心理上的不安。前者表現的就是不斷地自覺虧欠於人，充滿掙扎，覺得很自私。另外一種心理上的不安則是自覺無能掌握外在世界，一種與外界疏離的不安。這是從小就根深蒂固了的。

沙特把自我意識與道德意識結合爲一，我覺得很有道理，而這種意識正是彌補那種心理不安與疏離感的東西。道德意識的重建能夠使我重新成爲一個完完全全活在世界裡的人。我近來就一直掙扎在道德意識的重建裡，希望能重新肯定自己，活得無愧於人。

在抽籤前後能讓我有這份新的認識，是十分感到慰藉的。尤其在妳面前，經由妳而讓我有如神助地自我發掘，能把改變我生命的東西由妳拿著，讓妳也參加一份，我的欣慰更是無垠。

一九七四年二月廿日上午，北投」

「我那天的那副德行並不特別，只是我這時期的性格之一罷了！……雖然那個樣子很令人洩氣，但我還是執著於目前建立起來的一個觀念：我要依循著我生命內在的要求去實現我自己。……實在不要想去成爲一個什麼主義者那種人物……。

一九七四年三月五日晚，北投」

「在復興崗結訓後離開台北，到現在可說是馬不停蹄，難得獨處。

那天下午到台中後就與鄭梓聯絡上，晚上睡他那兒。他已經幹起《中國時報》記者，專跑省議會新聞。隔天一早我們去東海花園，卻發現阿腳因學校放春假，已經先回台南了。妳知道他從這學期起搬進了東海花園，與楊老先生一起當園丁。我們在那裡與楊老先生談些話、吃過飯，就又趕去台中車站，鄭梓用記者特權幫我買到了車票，得以讓我順利搭上火車回南。

卅日下午回到台南，眞不巧也放春假的道琳這一天才來過兩次，尋我未遇，又回屏東去了。我正想好好問他一個人類學問題，看看他從台大的人類學研究所能學到什麼，只好等下回何時見面再說了。

不過吃過晚飯後可熱鬧了，與我一起在復興崗結訓的元良來了，阿腳來了，最後已下到陸軍野戰部隊的老錢也出現了，他部隊就在台南白河。昨天幾個人一起混了一整天，晚上一同去吃火鍋喝黃酒，又去夜市吃海鮮喝啤酒。回到家來，泡壺熱茶、放張唱片，繼續一些支離破碎的話題之後，就很有重心地談起一些大問題來，直到深夜，恍若回到了大學生活。

今早老錢才回營去，元良也要下部隊了，而我則準備著過幾天赴綠島報到。

……

一九七四年四月一日下午，台南」

新生訓導處

「現正在台東等船，不知明天或後天才能到那裡。今天早上六點起床後就慌忙整裝趕去車站。離家總是如此匆忙，爸擔心著這麼早叫不到車，媽則是忙著搞我的午餐。然後上了計程車就飛馳而去。……

坐了六個半鐘頭的公路局金馬號才來到這島的東邊，東部沿路與西部不能相比，有點荒涼，然台東鎮卻較我想像的好多了，總算找到一家咖啡館，有沙發椅，坐下來給妳寫信。

……

來到這裡心情的惶惑是免不了的，環境的陌生，又離家離妳都遠，眞希望妳能在身邊。

……

一九七四年四月五日晚，台東」

上岸

一九七四年的三月底我們這批十九個預備軍官在復興崗結訓，幾天之後的四月五日，大家各自來到台東的綠島指揮部接待站集合，等著搭船過海。渡船噸位甚小，視海象氣候狀況並非天天都有，而這幾天因爲海象不佳，船期已經延遲多日。我們報到這天仍舊天氣陰沉，狂風不止，渡不了海，遂準備在台東過夜，等待開船的日子。

接待站氣氛詭異，到了晚上才聽到消息，說小島上有犯人逃到台灣了，整個東海岸的警備單位正在動員起來圍捕。還在這個接待站等著航向孤島的我們就已感覺到那邊的緊張氣氛，彼此只能面面相覷。

這是我們這一梯次十九個人第一次聚在一起互相認識，而我竟然看到了一張熟面孔。他不只是我的小同鄉，還是從小學到大學，一路都與我讀同一個學校的王舜傑。我們雖然從不曾同過班，但彼此卻是十分面熟，兩人遂像老朋友般十分熱絡地寒暄起來，至少往後在那孤島上彼此有個伴了。

這天晚上，我們這批等待過海的新預官聚在一起，如赴戰場前夕，彼此交換著出征前的微妙心情。有消息靈通者嚴肅警告大家，說現在指揮部管得極嚴，不給預官假期，這一年四個月不要妄想回台度假了。又說那裡連家電影院也沒有，沒有度週末這回事。談起逃犯，有人繪聲繪影，彷彿身臨其境。又有人恐嚇說，那是個凶險之地，聽說有些預官沒搞好，出事記過，甚至惹禍上身。大家聽了這些警告都神色黯然。

帶著沉重的心情入睡，心想能夠在台東多拖幾天晚一點過海也不錯。然而隔天一早起床，發現竟是個豔陽天，雖然風還是不小。早餐時，接待站的長官就命令大家不准外出，在站裡隨時待命。午餐時他又正式宣告，大家飯後將行李準備妥當，聽候命令，隨時上車開往富岡漁港搭船。

四月六日這天下午兩點多，我們終於搭上了開往孤島的小船。才四月天，沒想到太陽一出竟是這般熾烈，露在衣服外的臉龐兩臂馬上有如燒灼般刺痛。在海上忍著五內翻騰的惡心，看著波濤洶湧的洋流，我不禁想起那個逃出孤島的犯人，他有可能泅過這難以逾越的黑潮嗎？

船抵孤島之後，我們上了岸，又不期然與這批江洋大盜目光交鋒，算是接受了見面禮與震撼教育後，我們坐上了軍車直奔指揮部而去。

軍車離開南寮漁港後，沿著小島西岸的一條柏油路，也即是沿著小島中央山丘的西麓往北開，不久來到北岸後又沿著海岸轉向東開。剛經歷過海洋的波濤，這軍車走過的顛簸路面就不算什麼了。我們沿著山海之間，經過幾個小村落，以及幾個與這些小村落極不搭調的大型建築物之後，終於來到我們要報到的小島的指揮部了。

沿路我發現這個十分之九是小山丘的島嶼，並沒有什麼大樹，往山上望過去多是小灌叢，林投從海岸邊一直延伸到山麓，甚至爬上了山丘，展現了它能在不毛之地生存的特色，給人貧瘠荒涼的感覺，而唯一有些大樹的卻是我們來報到的指揮部。綠島指揮部整個營區座落在北海岸邊，一塊算是荒島山海之間的最大平地上，依山面海，北望大洋。

來到指揮部營區後，原本緊繃的心情倒是放鬆不少。這個單位外表看起來有模有樣，整個營區依山面海，靠海的一邊沿著上山的馬路圍起一道厚厚的高牆，馬路的另一邊就是海灘了。高牆上面還圈著一道鐵絲網，每隔一段距離就有哨兵崗。車子開進衛兵把守的大門之後，沿著一條上坡的寬闊土路直直通向山腳。大土路兩側種著成排的木麻黃，右邊是一塊長著雜草的大操場，操場靠山的盡頭即是依山而築，居高臨下，面向海洋的指揮部大樓，一棟三層樓高的一般機關建築。

車子一路開上了指揮部大樓，我們在門口下了車，站在這個小高地回頭一望，視線越過高牆，看到荒島的嶙峋海岸與蒼茫海洋，心情爲之舒暢不少。不過這時不容流連，指揮部走出來一位個子不高、十分清臞的高級軍官，領隊的中校已經很快向他敬個禮，並喊了一聲「主任好」！原來他是這裡掛上校階的政戰主任，即是我們這批預官在這裡政戰系統的最高長官。他以炯炯有神的目光對我們訓了一番話，然後做了一番分配的交代之後就走了。他的訓話雖然不免帶著八股，卻讓人感覺到他應是個中規中矩的正派人物。

然後指揮部的人開始分配我們的去處，全部下放到各個隊部，沒有一個留在指揮部裡。指揮部下面共有六個中隊，而各個隊部派來接應我們的軍官也都來到了指揮部大樓，等著領我們回隊部去。我被分到第五中隊，王舜傑則分到第六中隊。

山大王

我們扛起大帆布袋，正準備跟著各隊部的來人走，突然駛來一輛敞篷吉普車，在指揮部大樓停下來。從車上下來了一位濃眉大眼、體材碩壯的長官。他不像其他軍官都穿著警備部隊的深藍軍裝，而仍是一身草綠的陸軍野戰服，左右衣領及軍帽上各別著一顆很清楚的星，手裡還拿著一把烏黑發亮、十分精緻的指揮棍。在他下車時，就已經有人忙著大聲喊出「指揮官好」，並且雙腳一靠，胸膛一挺，全身筆直立正向他敬了個禮。大家一聽，即忙不迭地放下背袋，立正站好，接受這荒島最高指揮官的檢閱。他剛從外頭巡視完畢回營，正巧碰上我們來報到，下車之後即面向我們很威嚴地說：

「你們是新來報到的預官？」然後以嚴厲的目光將我們這批新到預官掃過一遍，接著又向旁邊的一位政戰官問：

「他們到哪個中隊都安排好了？」在得到肯定的答覆後，他轉而以溫和許多的口氣對我們說：

「好好幹！好好幹！」然後一轉身就進了指揮部大樓。

我們終於可以隨著各隊部的來人歸隊了。各隊部的來人都是前一期的預官，而我們正是要來接他們班的，難怪他們都帶著輕鬆的笑容。這時我們也才知道，原來從上兩期開始就有這麼多預官被派到這裡來，得知有這麼多前輩，確實讓我們安心不少。

我們每三四個人一組被分到各隊部，來帶我們這一小組的是一位有著北部大都會精明聰慧神情的預官周正。在回隊部的路上，他馬上爲我們介紹起這裡來，首先就談到我們剛見過面的指揮官。他說：

「我們指揮官是綠島的最高軍事長官，是這裡的山大王。這島上的其他單位，那個鄉長、司法監獄的典獄長、甚至管國防部監獄的，位階都沒他高。上級單位遠在天邊，這荒島既不是前線，也不是他們喜歡視察的地方，過海又不容易，平常很難得來一趟的。」

看來這位指揮官在這孤島上是有點稱王的味道了。但是周正卻帶著慨嘆的聲調繼續說著：

「但是這山大王的位子卻有點上不著天，下不著地。指揮官他原來並不在警備單位，而是陸軍野戰師師長。你們想，一個帶兵的師長，卻被調到這裡來。雖說仍舊獨當一面，位階也比師長高，但這裡已經不是陸軍作戰單位，又不帶兵，倒管起一群犯人來，其實不太能施展的。」周正點出了指揮官的處境，顯然十分熟悉軍中的人事升遷機制，他看起來也像個軍人子弟。

「指揮官年輕時還曾在八二三砲戰立過功呢！他曾經風光一時，也從此一帆風順，升到師長之位。」他輕輕嘆了口氣說著，似乎對於他父執輩的處境心有戚戚焉。

「那他爲什麼會被調到這兒來呢？」我追問。

周正講到這裡就默然不語了，或許他眞不知道原因，或許有些事不足爲外人道也。我也想起，剛才見到的已過中年、腰圍漸粗卻仍著陸軍野戰服的指揮官，在他的威嚴神色之下，確是透露著一絲蒼涼與落寞。周正迴避我的問題，轉而說：

「指揮官才調來半年，他其實很想有一番作爲的。你們知道這種單位很難管的，問題不少，他卻做了不少整頓。」然後頓了一下接著說：

「不過，他前不久也把預官假取消了。我們原來有固定的預官假，每兩個月可以放九天假回台灣，現在沒有了。你們比較倒楣，以後要請假回台得各顯神通了。」我們在台東接待站聽到的傳言竟是眞的！

他們叫做隊員

我們又問起在接待站聽到的另一個消息：「聽說有犯人逃跑了？」

周正肯定了這項傳言：

「我們叫他們『隊員』。現在指揮部比較緊張，因爲有個隊員逃掉了。」

「我們在台東聽到了，那邊很緊張呢！」我如此回應，期待聽到更多。

「根據消息判斷，他極可能已經逃到台灣東岸了，而不是躲在這島上。不過我們這邊還是在盡力搜尋。」他頓了一下接著說：「根據這裡掌握到的情況，他的家人應該與這裡的漁民買通好了，他應是利用出工的機會搭漁船逃掉的。」

我回頭看著那茫茫大海，想著若無船隻確實是沒有可能闖過那海流的。然而這些天來的惡劣風浪能讓他們得逞嗎？或許這正是個乘人不備的機會。

所有的隊部都位於進指揮部大門後那條大土路的左邊，以另一堵高牆與指揮部大樓區隔開，而由土路中間另一個有衛兵把守的門進去。整個隊部營區，也就是管訓「隊員」的營區，從大土路往東沿著山麓一直到一條叫流麻溝的小溪邊。第五中隊的隊部在營區較裡面的地方，我們扛著大帆布袋跟著周正邊談邊走進了管訓營區。在經過其他隊部時，我緊張又好奇的雙眼戰戰兢兢地掃過各個角落，多次與所謂的隊員目光相接，他們有些還戴著腳鐐，叮噹噹地走著，他們的目光卻不再像剛上岸時那般令人驚悚了，畢竟軍隊營區的肅殺之氣壓倒了一切。

我一邊張望，一邊聽著周正很快地介紹我們這個特殊的部隊。他很有重點直叩我心裡的疑問：

「指揮部雖然是綠島的最高軍事指揮單位，但我們負責的主要是受到管訓處分的竊盜犯，而且是其中最嚴重的甲乙級竊盜犯，一般竊盜管訓犯則都關在台灣或小琉球。我們這裡也沒有流氓，甲級流氓關在蘭嶼，那邊不叫管訓處分，而叫矯正處分。」

周正對這兩個名詞之區分無可奈何地笑了一下，卻強調說：

「管訓處分一期五年，而矯正處分則只有三年。」接著又說：「我們這裡最頑劣的甲級竊盜犯都在一二隊那邊，第一中隊還整天都要帶著腳鐐呢！不過我們第五中隊人數最多了。」

這與我們原先聽到的差不多，我們要來帶的兵已經不是政治犯，而是所謂送外島管訓的一般犯人。新的消息是這裡管的是刁鑽的竊賊，而非江湖上的黑道大哥。到底管的是哪種人較好，我一時竟不知從何想起。

這時周正又補充說：「綠島是有一個眞正關重刑犯的監獄，就在你們來的半路上，在中寮那個地方，你們應該注意到的。那個是屬於司法行政部，有幾個眞正厲害角色就關在那裡。」從南寮漁港來的半路上，我確實注意到一個有模有樣的大單位，也有著高大的圍牆，只是沒看清楚大門上的名牌。

劫後新生

快到隊部了，我於是抓緊時間問：「聽說還有政治犯？」

「你是指叛亂犯？他們關在我們隔壁那棟監獄，剛才你們車子快到指揮部之前，看到旁邊一棟長得像碉堡的大建築物就是了。它直屬國防部，叫感訓監獄，蓋得銅牆鐵壁，我們叫它『八卦樓』。」周正如此回答。

剛才車子快到指揮部時，我確實也瞥到那麼一棟大碉堡，原來都關在那裡。聽了周正這麼說，我心裡又再陷入矛盾，又是遺憾沒能親炙到這些政治犯，又是慶幸不會去管教他們。

然而周正卻接著說：

「不過，我們這裡也還有一些，只剩三十多個人。」

這裡還是有政治犯！我聽了心頭一緊，周正卻接著說：

「他們歸第六隊管，不叫『隊員』，叫『新生』。」

好一個「新生」之名，立刻令我想起兩年多來我在台中大度山上，從楊逵那裡聽到的「新生訓導處」之名。他在一九五〇年代就在這裡待過十年，那時這裡就叫新生訓導處，顯然「新生」之名從那時起就已用來稱呼他們。我又想起半年前在成功嶺受訓時，放假到大度山東海花園探訪楊逵的那個夜晚，在星空下，我們聽著楊老先生暢談二三十年前的滄桑往事，此情此景還歷歷在目。火燒島與新生訓導處之名在我們兩代之間已是極爲不堪的印記，如今我竟然眞的置身於這火燒島上的新生訓導處了，卻不是以政治犯而是管理幹部的身分！

楊逵是在一九六一年的四月六日被釋放離開這荒島的，距今剛好整整十三年。我看著周遭的老舊營房，想像著二十年前楊逵還待在這裡時，應該就已是如此營舍。然而在營房走動的卻已不再是新生，而是被稱做隊員的竊盜管訓犯，我看著這些出沒營舍的隊員，一時之間這些面目猙獰的盜匪似乎又各個幻化成了心懷鴻鵠之志的文弱書生了。

我從沉思遐想中回過神來，追問說：

「爲什麼這幾十個新生不一併關在隔壁那個八卦樓呢？」

「他們都是以前留下來的。」

「喔！多久以前呢？」

周正沒回答，而我們已經走到了第五中隊的隊部。我轉頭看到王舜傑那幾個分到六隊的預官，正繞過我們隊部的這排營房，往後面另一處營房走去，夕陽照出他們長長的身影，映在一片金黃的營房上。

第一夜

中隊的配置相當於陸軍一個連，中隊長也就是連長。中隊上面是相當於陸軍一個營的大隊，下面則是分隊，就是一個陸軍排。因此配置的帶隊官也基本上是相匹配的官階。我們這群預官來到隊部，只能擔任政戰幹事的職務。

五隊的上尉輔導長老兵出身，高頭大馬，看來頗高興有新進人力來幫他管帶隊員，熱絡地出來招呼我們，並吩咐周正帶我們到一處大通鋪來暫時安置。在先期預官還沒到八月退伍而將他們的房間讓出來之前，在開頭這幾個月我們這群當期預官還是在見習時期，沒有自己的房間，只能屈就於大通鋪。

我們這座營房歷史甚久，從新生訓導處的一九五〇年代就已建成，營房的配置與一般陸軍單位頗為不同。從前面看是一排比一般陸軍營房還長的平房，除了前面分置四個大門外，與只有一個中央大門的一般陸軍營房並無太大差異。但一進到營房裡則會發現，這一整排房子除了兩端各有幾個房間外，卻只是一個大廳堂，就像是一個極爲寬敞、佔掉幾乎整個營房的中山室。然後又會發覺，相應於每個大門的對面那邊，各有一個小門，而從每個小門進去，則各自延伸出另一長列的房舍。

原來眞正的起居房間是在這裡頭，從沒有門戶的小門進去，每個長列的營房前面兩邊各有數間部隊長官的房間，然後才是隊員上下二層的大通鋪，大通鋪的最後則是他們的公共衛浴間。長官的房間與隊員的大通鋪之間是一道上閂的厚重木門，上頭有個上了鐵欄杆的小窗子，可以從外打開，窺視裡面。整個大通鋪的窗戶都加了鐵條，平常這道重門一關，門閂一上，隊員就關在裡面出不來了。隊員們除了上工上課與朝會外，吃喝拉撒睡全都在裡面。

這麼一組一長排四長列構成的營房，從空中鳥瞰就像是有四座等高山峰的山字形，而營區裡有數座這樣的山字形營房，我們所在的這組就分配給第四與第五中隊。隊員並沒能佔滿所有的通鋪，有一列營房的前半部就用來安置四、五隊的一些沒有房間的老士官，以及分發到這兩隊的我們這六七個新到預官，後半部則封起來當倉庫。

我們被領到這個大半空著的通鋪，前面已經是一些老士官的床位，我們各自尋好裡面的位置，丟上行李袋，打開來安置妥當，算是暫時棲身之窩了。而這時我們也聽到外頭一陣哄鬧，原來隊員出工回營了。

他們穿著短衫短褲，各個曬得皮膚通紅，汗流浹背，滿身塵垢。進到營房時又是互相推擠，七嘴八舌，還夾雜著串串的腳鐐聲以及帶隊長官的吆喝聲，魚貫走進了他們的大通鋪。

他們互相挑釁的言語、對長官的不馴姿態，如此深刻地印入了我們這批新到預官的心裡頭。

接著不多久，晚飯哨聲就響了。

隊員的晚飯關在營房裡吃，幹部的則在前排大堂。值勤的隊員擺出矮小的桌椅，幾個人圍坐一小桌，像夜市的地攤。伙食由隊員從營區的大伙房挑來，葷素都有，雖遠遠比不上復興崗的，但看來還可以。同桌的周正說：「今天的船終於帶來了些蔬菜，不然都快斷糧了。」他又談起荒島種不出什麼菜蔬，大半靠台東運過來，一有風浪，船開不得，大家最後就只能吃蘿蔔乾與花生米。

餐桌上不虞匱乏的是饅頭與大米飯，這兩樣食物也能夠讓你咀嚼良久。饅頭很扎實，我拿了一個，費了不少工夫才吃完。大米則是近乎糙米的九三米，就是一粒榖子只碾去其中百分之七帶殼的部分。這兩類主食營養不缺，卻一時令人難以囫圇吞下，只好在嘴裡細細咀嚼一陣。此後我開始學著吃這種粗糧，竟也慢慢嘗到嚼爛之後滿嘴餘香的美味，而吃起白米飯來竟覺得平淡無味了。

這天晚飯後並無他事，但也很早就晚點名了。瘦小的少校中隊長是老兵出身，長得雖有點獐頭鼠目，訓起話來可是義正辭嚴，有條不紊。只是一開口就好像沒完沒了，十分囉唆。

捱過晚點名，我看著全部隊員回籠就寢，那扇隔著大通鋪與幹部房的厚重木門，碰的一聲給門上了。幹部各自就寢，隨後整個營區變得暗矇矇地一片死寂，除了不歇的海潮聲與偶而的腳鐐聲。我們幾個新到預官回到通鋪的新窩，交換一些心得之後就上床了。雖然一整天心神的緊繃已讓人疲累至極，然而正輪到酷熱的屋頂發散出白天吸收的巨大熱量，營房像個烤箱，令人輾轉難眠。聽著不斷的潮聲，我遂想起令人忐忑不安的隊員的眼光，又想著第六中隊那些劫餘的新生，會是些什麼樣的人物？

「已來到這孤島上了，一切尚未進入狀況。昨天下午的船，在海上晃了兩個多鐘頭，把兩臂及臉龐曬得通紅。這裡很熱，我想一年下來必定不再細皮嫩肉了。

剛來沒事，晚上睡覺聽著潮聲。隊上的部下比較活潑不馴，整天腳鐐聲不絕於耳，舉目所見也是怪異眼光。不過這裡預官多，一大勢力，目前我們只能跟著上期老大哥做，剛來也沒什麼事。

海卻不錯，岩石海岸，海水清澈透底。

這裡有開船才能把信送到台灣，所以信要先寫著，等船期。

以上是一天掠影，沒什麼好多說的，只希望早點進入狀況。

一九七四年四月七日上午，綠島」

「來此已三天多了，尚未有工作發下來給我們做，還算清閒。不過指揮官管得愈來愈緊，請假不容易，是好是壞，我也不知道。這裡沒有電影院，有個小冰果室在數十分鐘的路程外。報紙是幾天送來一次，也難得看到。電視是永遠下著雨的，天氣不好，它也跟著下起大雨來，而且也不在隊上。其他就沒有什麼休閒娛樂了。對我無所謂，但可眞悶透了其他同僚。

由於房間不夠，我們還睡著大通鋪。伙食馬馬虎虎，吃飽倒是可以的。不過水是山上流下來的，因陋就簡，不甚乾淨。

這裡風大，海風吹來一層鹽分，身子總覺得黏黏的。一出太陽更是熱得不得了，聽說七八月更厲害。旁邊就是海，在營裡只聽到浪濤不斷地衝擊著海岸，岩石的海岸很美，有好多巨岩聳立海邊，而海灘也是由斑剝嶙峋的岩石構成，海水十分清澈。聽說下水游泳還需穿鞋子戴手套，免被利石所割。

……

晚上睡得不好，很多夢，夢得很感傷，有的也很悽慘。感傷的是夢見妳，似乎要失去妳，醒來低迴不已。悽慘的則是觸景生情所致，一言難盡。

妳的倩影不時浮現，多給我信讓我高興些吧！

一九七四年四月九日上午，綠島」

人間四月天

——飄零的身影

「……

我們這一期預官比較倒楣，新來的指揮官命令接二連三地下來，而好戲可說還在後頭！以後請假都要經過他的批准，大家難免情緒低落……。

在這裡晚飯後到海邊散步，是一大樂事。這裡海岸奇特，到處是窟窿，除了看看太平洋的煙波浩蕩外，還有那些聳立岸邊黑黝黝的火山岩，而在那些窟窿裡更可發現許多前所未見的海洋生物，張牙舞爪的……。

晚上還是一直睡不好，而且到現在還沒接到妳的信，心裡難免牽腸掛肚，要分離這麼久，只能靠通信來觸知妳，不知妳今早幹了什麼，下午又會幹什麼，不知道妳心裡在作何打算？唉！天天魂牽夢縈的。……

一九七四年四月十三日上午，綠島」

「在三更半夜，只有微弱的煤油燈陪伴下同妳寫信，眞有說不出的感受。站衛兵是蠻累人的，這裡就如同在金門前線，每次都戰戰兢兢的，三四天就輪一次……。

這裡眞是一個奇特的地方，不管是環境上還是心理上，既疏離得很，又複雜得很，一不小心就會掉入陷阱，背上黑鍋。那種尷尬而又扭曲的人際關係，我這少不更事的小子眞是有待磨練……。

幾天來曬紅的皮膚已經開始脫皮了，一疤一疤的。又不知是否水土不服，手腳長了些小疔小皰，臉上也冒出了好幾個青春痘，不過現在已緩和多了。

一九七四年四月十七日凌晨，綠島」

寂靜的營房

報到之後的一段日子，長官們還沒確定要分派我們什麼任務，就只有夜間站衛兵。站衛兵可是苦差事，從熄燈號到起床號，全部由隊裡的軍士官負責，每三四天就輪一次兩小時，警戒對象不是看不見的敵人，而是關在營房裡的隊員，因此每次都是戰戰兢兢的。此外幾乎無事可做，只能跟著老預官做些雜務。

中隊的作息天天一樣，我們每天看著隊員們在早飯後集合出工，列隊走出營區。然後整個營區就安靜下來，直到黃昏他們結束一天勞動回營。

隊員每天「日出而作，日入而息」的勞動改造並不是在做白工，指揮部給他們的任務是建設這個囚禁他們的荒島。大半年前他們修築完成綠島機場之後，繼續修築這荒島的環島公路。這條連接沿海村落的公路只通了一半，由於民居與漁港都聚集在北岸與西北岸，從位於北岸偏東的指揮部開始，往西經公館、中寮、南寮到西岸偏北的南寮漁港，本就有公路。他們於是從南寮漁港以南，繼續延伸鋪築，這時已經到了島南端的白沙海岸，正轉向海水溫泉區挺進。

隊員一早吃過早飯就集合起來，扛著圓鍬鐵鏟畚箕等各種開路工具，列隊出發走向工地。指揮部並沒配備機械化設備，也不需要，因爲這裡最多的就是青壯勞動力。他們在工地一鍬一鏟地開路，直到接近黃昏才收工回營，午飯就由指揮部的伙房送去。

工程進度據說一向十分緩慢。隊員徒步前往又徒步回營，就耗掉不少時間。他們也不是專業工人，拿的又只是徒手工具。何況他們沒有賺取工資的積極動機，只是被迫接受「勞動改造」。或許就因這是重點所在，長官也就不太在乎效率了。然而新上任的指揮官顯然欲圖有所作爲，也經常巡視工地，不斷頒布各種新措施。

部隊長官一早帶隊出工之後，整個營區頓時安靜下來，然而還是有一些人物走動。除了負責政戰、文書等幹部外，還留下一些隊員，諸如負責伙房的、照顧菜圃與豬圈的、在福利社賣麵的。除此之外，就是幫長官打雜跑腿端洗腳水的，這可是隊員中受到恩寵的特殊分子，總是長得比較體面光鮮、口齒伶俐。

管訓隊員回營晚飯後，有時會安排一段電視時間，觀看指定的節目。大半的隊員除了出任務外的，都會聚在電視機前，不管是否喜歡那節目，也不管收視的影像有多差，也算是一天下來就寢前的輕鬆時刻了。

多日下來，我注意到有一位上了中年的隊員，在這個時刻總是窩在屋外牆角陰暗處，不進屋看電視。於是有一個晚上，我忍不住好奇趨近問他爲何不進裡面看電視。他抬頭看了我一眼，又回過頭去，幽幽地嘆了口氣說：

「嗳！看電視要跟家裡人一道看，才有意思！」

我聽到他這麼說，竟無言以對。我又注意到他的口音，是個退伍老兵。一個退伍老兵淪落至此，應該也是孑然一身，沒有家眷的。我立即自覺多此一問，在黑暗的牆角，我看不清楚他的神色，只覺心頭湧上一陣酸楚，只得速速離去。

後來我發現，他並非個例，淪爲竊盜管訓犯的退伍老兵竟不在少數，年紀較大的管訓隊員大半都是他們。其中也有極爲不馴的腳色，有一個老兵隊員的後腿傷疤長期未癒，顯然挨過連番痛打。

飛舞的白幡

如此過了多日，漸漸習慣了與這些隊員的互動。有天清晨起床不久就覺得營區氣氛詭異。隊員被全部集合起來，關回營房裡，暫時不出任務。有老幹部推測說可能出了安全問題，又有人逃跑了。聽到這個，我們新來預官心中無不交雜著興奮與惶恐，好像眞有戰事發生了。

首先傳來的消息似乎肯定了這個揣測，有一位在營區高牆崗哨上站衛兵的老士官，清晨被發現死在牆腳下。安全警衛上出了個漏洞，整個營區頓時警戒起來，所有出任務的隊員都被緊急召回，值勤的幹部各個慞慞惶惶、進進出出，要先確定本隊的隊員全部到位，一個也沒跑掉。

進一步的消息則讓大家鬆了一口氣。這次沒有半個隊員跑掉，那名警衛士官之死也無他殺跡象。後來眞相大白，是那個老士官前一天晚上站衛兵時自己從高牆上掉下來摔死的。而下一班衛兵來接他時，沒看見他，以爲他自行下崗了，不以爲意，沒發現他已摔死在牆腳。

指揮部的高牆每隔一段就有一個崗哨，崗哨間還架了鐵絲網。崗哨本身有個小崗亭，以防夏天的暴雨與冬天的寒風，其實還算寬敞，除非極不小心或其他外力，衛兵在上面活動是不應該掉到牆下的。

後來調查發現，這個摔死的老士官在值勤那天晚上突然心血來潮，煮了一隻雞，再帶著一瓶老米酒，上崗哨去接班。他一個人就在那裡獨自享用起來，而在酒酣飯飽，飄飄然醉醺醺之下，一個不小心就連人帶槍摔了下去。

這名老兵據說以節儉出名，平常不嫖不賭，荒島的軍妓院「八四六」都少去。那個值班的晚上，他居然一反常態，大費周章爲自己搞了酒菜，結果竟是在爲自己送終！

他沒有家人，警衛隊就在流痳溝溪邊空地爲他舉行公祭。那天陰雨霏霏，低雲壓境，他的喪禮沒有花圈禮幛，只有高高懸起的引路白幡。這些寫著墨黑弔辭的長白布條被大風颳起，在空中飛舞翻騰，也爲他在這荒島的孑然一身弔祭送終。

難以承受之輕

每個管訓中隊裡都有些老士官，幫助管帶隊員。我們隊裡的大半與我們同睡在大通鋪裡。他們雖然掛的是士官軍階，由於這裡除了管訓隊員外並沒有充員兵，他們就成了營區正式軍人編制下最低階層了。我們同睡在一起，生活作息不免會互相牽扯干擾，彼此就只能小心翼翼。

然而有些老士官細密執著的心思卻超乎一般預官的敏感度。有位瘦小黝黑沉默不語的盤班長，因爲患有嚴重的痔疾，有時會看到他開著胯走路。他特別喜歡吃辣椒，開飯時總是從床位拿來一大罐辣椒醬，唯恐伙房燒的菜還不夠味。即使在痔疾發作、忌食辛辣時也是如此。這時就只看到他一手捧著辣椒罐，兩胯張開，表情痛苦地慢慢踱到飯廳。

有天早上起床整理內務時，有位新來預官心血來潮開始起鬨，大家跟著互相捉弄起來。有位侯姓預官不巧成了目標，有人開始以閩南語的「老猴」呼喚他，一時「老猴」之聲此起彼落。

大家正鬧成一團時，在一旁的盤班長突然暴怒開來，對著我們破口大罵，三字經五字經都出籠了，夾著濃厚的鄉音，聽不清楚罵些什麼。我們被罵得莫名其妙，不知所以然。盤班長痛罵了一陣之後，顯然驚覺到他是在罵他以後可能的長官，又看到我們目瞪口呆的模樣，罵聲頓時放低下來，然後以慣常的慢步，低聲咒罵，走出大通鋪。

我們被罵得一頭霧水，面面相覷，然後才有人想起盤班長誤會了。剛才我們以閩南語「老猴」在戲弄侯預官，盤班長卻誤以為我們在奚落他。他已經走遠，即使把他找回來解釋，怕也無濟於事，眞是無可奈何。

我望著盤班長遠去的飄零身影，想到他的模樣可能在軍營外的很多場合，或許在八三一的地方，或許在小街的商店、戲院的門口，從他的背後傳來了「老猴」的戲謔笑語。那些戲謔笑語或許只是為了好玩，或只是對他執著舉措的反應，但也有夾藏著十足惡意與歧視的，但對這麼一個孤零的生命，這些都混雜成一個難以承受的不堪與欺凌了，包括我們無心的、完全與他無關的言語。

蒙古仔習藝

大部分的老士官其實不會這麼孤僻的，我們隊裡更有一位笑口常開的，大家隨著老幹部叫他「蒙古仔」。他其實不是蒙古人，只因姓蒙，又與人爲善之故。蒙古仔卻有著與其他老士官不同的待遇，他竟然住在大通鋪前面的一個小房間，令其他老兵羨慕不已。

他在這裡的年資當然夠長了，對這荒島的一切已是摸得一清二楚。他在荒島漫長的日子裡，也學會了幾手土產技藝。他會製作荒島土產八卦蟹的標本，也學會製作從一二十年前的老政治犯就一路傳習下來的貝殼畫。這些作品成了他的寶貝。

製作八卦蟹標本需要用福馬林浸泡防腐，因此他的小房間總是有股福馬林的味道。他沒事就在房間裡埋頭於這些技藝，自得其樂。我們這些睡到大通鋪的新到預官也自知不久就要眞正擔起職責，也住到小房間，與蒙古仔相安無事。

蒙古仔對戲謔毫不在意，幾位專修班出身的年輕軍官經常與他鬧成一團，互相之間似乎無什芥蒂。我們這批新到預官有時也會大起膽子加入，甚至指指點點，開起他貝殼畫、八卦蟹的玩笑來。蒙古仔除了用貝殼畫來自我消遣外，也喜歡大白天在營房前的水池邊，赤條條光著身子洗澡，這是我們年輕軍官幹不來的事，而他則邊哼著家鄉小調，邊塗抹沖水，自在得很。

然而蒙古仔的這種作風，在隊上長官看來卻是太過散漫。他或許憑著這麼一個荒島老資格的身分，有時會拖延任務而招來斥責。他寧願玩他的貝殼與八卦蟹，而不要帶隊出工，應付那些狡黠的隊員。除了貝殼畫外，蒙古仔最關心的是住在台東一位老朋友及其兒女的前途，經常爲此嘮叨自語。

貝殼畫是荒島從一九五〇年代就建立起來的技藝，是當時新生訓導處一群多才多藝的政治犯利用荒島土產的貝殼，點點滴滴玩出來的藝術品。他們在荒島海灘收集各種美麗貝殼，依著形狀在厚布上黏貼成一幅具有十足立體感的圖畫。他們也發展出製作貝殼畫的各種藝術技巧，並且代代傳承下來。

與貝殼畫相關的是八卦蟹標本。八卦蟹又叫椰子蟹，海陸兩棲，有著大龍蝦的體型與巨蟹的厚殼，加上兩隻大螯，模樣甚爲驚人。雖然如今已是保育類動物，當年在荒島可是地方土產，因其特殊模樣就有了製成標本的賣點，也就成了當年新生訓導處傳下來的技藝。到了一九七〇年代，隨著老政治犯的釋放與凋零，以及新生訓導處轉變成管訓中心，這些手藝自然也由管訓隊員繼承了。

製作貝殼畫的管訓隊員集中在第三隊，他們每天不用隨隊出工，而是到一間貝殼畫室去作畫，黃昏時再回隊部吃飯睡覺。他們在隊員之中因此就有了特殊地位，他們在畫室裡是藝術家，或至少是位手藝工作者，而非勞改犯。在漫長的五年歲月中，這也是較有尊嚴的失去自由的方式吧。然而他們的這種特殊地位讓其中有些人因此恃寵而驕，在一般隊員中就不免令人眼紅了，甚至後來也招惹了隊上幹部。

而我們隊上的老士官蒙古仔則是自己去學會這技藝，自得其樂地玩了起來。

「高級雇員」

在我們住進的這個通鋪裡，除了原來就進駐的一些老士官外，竟然還住著兩位既非隊員，也非軍人的外省中年男子，是不出任務的。他們一高一矮，都長得白白淨淨，文質彬彬。平常即使天氣炎熱，上身只著汗衫，也都一概穿著西裝褲，一看就知道不是勞動階層出身。他們就住在最裡頭的鋪位，各自的家當都有一些，佔了蠻大的空間。

我們住進來時，周正曾交代說這兩位只是暫住這兒，不用理會。他們除了吃飯時與隊上幹部一起用餐外，並不參加隊裡的行動。既不像隊員那樣接受管教，也不負起管教隊員的責任，更沒有營區裡的正式工作，成天似乎無所事事，令人十分納悶。

開始幾天，我們聽到他們之間頗無禁忌的對話，高個子的頗有滿腹的牢騷，而矮胖的則天天聽著「英語九百句型」唱片，跟著練習。在與他們較為熟識而攀談開來之後，我終於忍不住好奇，找個機會問了：

「您二位先生怎麼會在這裡呢？」

「哈！我們是這裡的『高級雇員』！」高個子的不無自我解嘲地回答，然後若無其事地轉移話題，讓我不好深究。

找機會問周正，他也只是說：「他們確是高級雇員。」然後也不多說了。

後來我逐漸發現，這個滿腹牢騷的高個子還是位飽學之士。有一次無意間漫談到一九六

○年代《文星》雜誌的種種，他竟罵起那時的文化局長王洪鈞來，並說他因事忤逆了王。他雖不明講，我則聽出顯然因此而淪落此地。另一位矮胖的姓黃，自稱原是個軍法官，卻沒透露因何落難到這荒島來。

他們兩位等於是沒經過正式審判，而被放逐到荒島來軟禁的。這兩人被丟到指揮部，指揮部再把他們丟給我們中隊。而我們隊上長官既不能用他們來做事，也管不了，只能把他們丟到通鋪安置。因此隊上除了早晚點名會來巡視一下人員安在之外，就放任他們爲所欲爲了。還好他們畢竟是體制內文職人員出身，頗識「大體」，除了發發牢騷外，並不帶來任何麻煩，大家也就相安無事。

因爲沒有判決書，所以他們要在這兒待上多久也就沒個準兒，決定權不在指揮部，顯然要看上頭放逐他們的人的意旨了。他們兩位對於自己的處境顯然看得頗開，與我們這批新到預官還蠻有得談，高個兒的雖是滿腹牢騷，卻不是自怨自艾，經常講些經世濟民的大道理。矮胖的黃先生怕熱，整天一邊搧著扇子，一邊讀著英語九百句型，還盼著有朝一日能用得上。

兩個人似乎並無家累，但自身卻都還充滿著生命的尊嚴與期待。平常兩人除了窩在通鋪裡讀書外，會在營區裡走走。有時還會看到他們兩人相約走出營區，一路散步到南寮漁港，或往營區後邊的山上去。在有限的空間裡，他們這對哥兒倆看起來已是以此爲家，過得還蠻自在的。

三十年後的二〇〇四年五月十日，我在中國時報上讀到這麼一則報導：

「前警總上尉軍法官黃振興，於民國五十八年國民黨召開十全大會時，在台北市西門鬧區喊冤，被押到綠島、小琉球，十二年後才獲准返台。事隔三十五年，他的遺孀……聲請……冤獄賠償……，被法官認定是聘僱，而非冤獄，判敗訴定讞，分文未得。……」

「……

台大哲學研究所今年恢復招生了，趕不上報名，同時剛來，要請個假恐怕也不容易。近來心思已漸穩定，唯一不確定的是職務。似乎大家都開始鑽營這個或那個職位了，我還是一樣不知所措，只好等著瞧。

……

最近南風竟日，現在還是在煤油燈下寫信，外頭則風雨交加。這種天氣眞不是人過的，不是暴陽，就是狂風。台北現在也該是梅雨季了吧，想起那個時候妳曾撐把傘，濕淋淋地來找我。……

一九七四年四月廿三日凌晨，綠島」

「……

妳提到我男性中心作祟，妳是早該對我這點痛下針砭的。我常會自覺或不自覺地，恐懼失掉一些東西而矯飾自己。……不過我覺得我的這種男性中心與其說根深蒂固，倒不如說是一種表現給別人看的東西，只是由於不能從妳得到一種肯定所表現出來的幼稚行爲。……我會有那些舉動還是根源於我內心的不安全感，而非潛意識裡的男性中心在作祟。……

一九七四年四月廿七日上午，綠島」

五月的容顏

——無聲的吶喊

「……

今天收到很多東西，妳的信與書，道琳也寄來兩本，家裡則寄來一大包東西，有吃的也有用的。……

《大眾數學》這本書不難讀，這本書的好處不在提高數學程度，而是一個重要的觀點：即是把數學放在人類的實際環境中來考察。譬如它裡面提到希臘人爲何只能止於幾何，亞歷山大人爲何能突破幾何之限而進入三角的領域等等。所以黃武雄並非從它的深淺而是它的觀點來推薦的。……

方治的事我也很茫然，不能圖大業賺大錢，而又不能甘於貧困，就很令人覺得活得太猥賤了，但這看法又有多少道德成分呢？反正我就是有著太英雄化的視角，又太無能的雙手，就像舊俄時代的文人，一面活在貴族的庇蔭裡，一面口出狂言要改造世界。誰能像英沙洛夫（屠格涅夫《前夜》裡那個保加利亞人吧）那樣勇於投入？

我們的生命有諸多的理想與意義來填塞，但反觀我周遭的那群人，活得竟是那般卑微。對他們很多人而言，這裡竟可說是他們的家呢！卑賤地待上一段日子，出去後又得準備進來。來到這裡接觸到這批人，讓我從屠格涅夫的世界進入了朵思陀也夫斯基的世界。……

人的物質環境對他所走的路有很大的決定性，我們很難從單純的思辨中去找出什麼眞理來。我們出生於中產之家，是無論如何要面對的現實。……帝俄時代那批心懷千秋萬世之憂的文人何嘗不在謀生問題上打滾，不然就是趨炎附勢了。歷史的客觀是如此，令人憂心忡忡。我們必得具備很深的了悟與透視才能超脫這困境。

我常想著，乾脆什麼事都不管，先抓住一個較爲可欲的目標再說。尤其現在所面對的這個退伍後謀生的問題，……就是說不要急著去背負千古之憂、蒼生之痛，也就是放棄一個道德上的自命，或說將使命感暫時擱在一邊。這是癡麼？

……

一九七四年五月三日上午，綠島」

「……

關於留學這問題，我並非沒有認眞地考慮過，只是不知從何想起。或許這也算是逃避吧！不過來到這裡之後，這問題確實常縈繞於心，只是一想起總令人很氣餒。

在六月份前我一個月可領一千一百多元，七月後可領一千七百元左右。這裡並無加給或優待，不列入外島地區看待，又不能有假回家。因此除了菸錢及一些雜支外，這裡實在沒什麼要花錢的，每月應可剩不少。

……

一九七四年五月四日上午，綠島」

一張哀怨無言的臉

分發到第六中隊也即是新生隊的王舜傑是我台南同鄉，從小學到大學讀的同一學校，又一起分發到這荒島來。我們兩人對這裡的事物有著不少默契，來到這裡後就經常交換所見所聞。

六隊的營房不與隊員的混在一起，獨立在營區的最後面，有個小圍牆圈起來。新生營房的建築配置也不同於山字形的隊員營房，較少牢房的感覺。新生人數也不多，才三十多個，營房內並不擠迫，而整個小營區也經常有著空蕩蕩的感覺。

沒來多久，我就迫不及待地向王舜傑打聽，在他們隊上的新生中有沒有什麼知名人物，尤其是讓我揪心不已的柏楊、李敖與陳映眞這三個人。他剛到六隊，尙未能摸清狀況，只能說應該沒有這三個人。而我每次去到六隊營房流連，也不曾見過會有可能是這三位模樣的人，雖然我與這三位素未謀面。

有一天，王卻像發現什麼寶貝似地，突然神祕兮兮跑來跟我說：「嘿！你知道《新英文法》的作者嗎？」

「《新英文法》？就是我們讀中學時用的那本英文參考書？我知道啊！」作者柯旗化這名字頗爲特別，令讀者印象深刻，此時也立即出現在我腦海，但我還是納悶他爲何有此一問。

「柯旗化就在我們隊裡！」他睜大眼睛，壓低聲音說著。

我一時困惑起來，想著柯旗化的年紀應該很大了吧？會在這種地方當兵嗎？難道是老兵？不太可能！他看到我困惑的表情，繼續壓低聲音說：

「柯旗化是我們隊裡的新生啊！」

「喔！」我張大嘴巴，頓然回想起大學時曾聽說過，他也因爲思想問題被抓去關了。這竟是眞的，而且就關在這荒島上我們指揮部的新生隊裡。我一時陷入複雜的思潮之中，王舜傑見我沒能反應過來，繼續說著：

「他原來被關在隔壁的八卦樓，聽說關了十多年，已經服完刑期，但不知爲什麼又被送到我們這裡來繼續關。」他說完接著嘆了口氣。

我更訝異了，他原來已經被關了那麼久了，而且還在這裡繼續關著！那麼《新英文法》難道是獄中之作？而他還要關多久啊？

「他情況還好吧？」我脫口問著。

「看來還可以，他被送過來半年多了，隊裡現在派他去管福利社賣東西呢！」

我們相對默然一陣，我接著問他：

「你們隊裡都是些什麼樣的人？」

「像柯旗化這樣的情況其實不多了。他們大部分都是以前留下來的，刑期已經滿了。唉！就因爲家人朋友都在大陸，在台灣找不到保人，只好留下來了。」

難怪我每次去到六隊看到的多是一些老頭子，大半還滿口大陸鄉音，讓我以爲是關著一些老兵。

隔天，我帶著複雜的心情第一次來到指揮部的福利社。我一進門就看到一位清瘦俊美的男人，看起來不到四十歲，比我原來預期的年輕，並無老態。相較於我們預官的幼嫩臉孔，他則有著一張正當是成熟男人的容顏，而理光了的頭更凸顯出那張臉孔英挺而斯文的氣質，與我多日子來所接觸到的隊員們的生猛形象有著絕然的區別。然而，這卻又是一張極爲悽然哀怨的臉，而且多年來曬不到什麼陽光的日子讓他一臉蒼白。

他看到我進門，在櫃檯後面對我禮貌地點頭微笑。我心裡滿是尷尬，試圖表示同情之意，甚至想進一步表達同志之情，雖然我並不太清楚，也不在乎他是因何緣由而成了政治犯。

「你是柯旗化？」我盡力表現出善意的笑容問他。

「是。」他輕聲回答。

「我是新來的預官，我用過你寫的《新英文法》。」

他只是點了點頭，默認他的作者身分，神情卻似乎期待著我快說出要買什麼東西。

「你的書寫得很好，對我們英文考試很有幫助。」

他又是點了點頭。

「你在這裡還好嗎？」我進一步想拉近關係。

他還是只點了點頭，一臉漠然，一言不發，臉上的笑容也暫時消失片刻。

他如此維持著警覺性的禮貌與矜持，我遂不敢再進一步，悵然地縮了回來。然而我卻也感受到一種倔強的目光從那悽怨的眼神中散發出來。從他的目光，我似乎可以感受到他為何刑期已滿，又被送來這兒繼續關著的命運。

我於是隨便買了些東西，默然退出福利社，而他那悽怨而倔強的眼神卻讓我心如刀割。此後我並不常去那個地方，而身邊其實也不缺什麼東西必須到那兒去買。

倨傲的眼神

六隊那些年老力衰，神智甚至開始不清的老新生，一般就留在隊部裡過日子，既不需參加修路的重體力工作，營區內的勞動量也不大。而一些像柯旗化這樣青壯年齡的新生，則被派遣到福利社或圖書室這類單位去，負責營區內的「白領」工作。

有一天我就逛到指揮部大樓那邊的圖書室來，看看能借什麼書來消磨時光。這裡圖書不多，一下子就瀏覽一遍。我與長得高瘦的管理員攀談起來，發現他也是位臥虎藏龍之士，問他名姓，他竟回答說：

「我是梅濟民。」

「梅濟民？寫《北大荒》的梅濟民？」我驚奇地反問。

「是的。」他看著我，傲然回答。

我看他並沒穿營裡的制服，也留著頭髮，已是一副平民打扮，遂想到他應該也是這裡的另一個「高級雇員」。

這位以《北大荒》一書出名的作家竟也被放逐到這兒來。在知道我們隊上那兩位「高級雇員」的來歷之後，我對此也就不覺得有太不可思議之處了。只是一個出身冰天雪地的北大荒人，竟會落難到南方火熱如焚的海陬荒島，不免令人感到荒謬。這天我抱著一套臥龍生的《飄花令》回到隊部，一頭鑽進武俠的世界。

後來聽說，他原來也是被關著的，只是刑滿之後繼續被軟禁在這荒島上，我遂想起原來他也有著那種透出倨傲不馴眼神的雙瞳。而在幾次進出圖書室時，我發現裡頭還有另外一雙倨傲不馴的眼睛，來自一位被指派到這裡幫忙的新生——吳定遠。我也曾數度與他攀談，並試圖對他表示善意與同情，然而每次都從他那眼鏡背後的雙瞳裡，感到極為傲然睥睨的眼神。他雖操大陸口音，但看來正值壯年，應該還可找到保人，顯然也是因為不馴，以致刑滿後又被丟到這裡來繼續看管。我自知我的這身制服與地位本就與他的處境是對立的，對他的態度只能感到悵然，並不覺得受到侵犯。

八卦樓外

見到柯旗化之後，我每每在晚飯後海邊散步時，仰望那座銅牆鐵壁的八卦樓，柯是在這裡服完刑期後再轉到新生隊的。與指揮部的大草坪僅一牆之隔的國防部感訓監獄是個水泥碉堡式的建築，倚靠在山邊，從荒島的海岸公路看上去，有如一隻盤據在山腳的大怪獸，就像荒島土產的八卦蟹，於是有了「八卦樓」的綽號。

八卦樓戒備森嚴，厚實的水泥牆壁灰撲撲地不塗任何顏色，中間有個暗沉沉的雙扇大鐵門，由直屬國防部的特別駐軍把守。囚犯顯然全在裡頭活動，外面不曾見過一個，一副神祕兮兮的樣子，平常路過就只能遠遠觀看。我們聽老預官提起，這座監獄也是新蓋不久。這裡的政治犯原是關在台東的泰源監獄，幾年前那裡發生暴動，才在這裡新蓋了一座，把那邊的囚犯全都移了過來。

仰望著這棟八卦樓，我心情極爲複雜。我對台灣的政治犯被關在哪裡並不清楚，除了指揮部裡的新生隊之外，現就確定有這麼一處八卦樓。那柏楊、李敖與陳映眞他們可都在裡面？我又想著才一年多前台大哲學系的二月風暴，我的那群師生朋友如果最後都被關到這裡來，而我卻只能站在外頭悲嘆，甚至連我自己也都被抓來關在裡頭了，那又會是怎樣的一種景況？命運之變化似乎只在反掌之間。

在八卦樓外頭，我想起去年年底讀到的那期《新聞天地》，似乎預示著台大哲學系的悲運。二月風暴恐怕並未完全歇止，災難將進一步降臨，我如此想著，竟不敢想像會有哪位我認識的師長朋友將被丟到這八卦樓來。而命運如今卻把我放在八卦樓的外頭，讓我每次經過時，總會遙遙投以某種同志的敬禮，以一種既悲戚又倨傲的眼神。

熟悉的身影

有天早上隊員已經出工，突然從海上傳來轟隆之聲，不絕於耳，大家都走出營房探個究竟。老預官說：「一定有直昇機從台灣飛來了。」大夥兒看熱鬧似地跑向指揮部大樓前的大操場。

天空持續轟轟隆隆，我們看到從海上陸續飛進來幾部軍用直昇機，降落在大操場上，捲起了滾滾狂風沙。

我們聚攏在遠遠一旁，好奇地觀看到底是何方神聖降臨。機門打開，裡面的乘客在螺旋槳捲起的強風中下機。我這時卻看到他們一個個都帶著手銬，原來是載來一批囚犯。可是他們不可能是送到我們部裡來的竊盜管訓犯，竊盜犯是不可能享有搭直昇機而來的待遇的。難道是要送到司法監獄去的重刑犯嗎？

不過再仔細一看，這些人雖然滿頭亂髮，卻個個眉清目秀，不少人還戴著眼鏡，模樣有如那時的大學生。他們很確定不是面目猙獰的重刑犯，而是年輕的政治犯。他們的目的地也不是司法監獄，而是一牆之隔的八卦樓。

我看到這幕景象，即刻想到比台大哲學系二月風暴早些發生的成大學生案。那個案子牽涉到好幾個學校，也抓了不少學生，我們同案的朋友也有些牽連。雖然我對那個案子所知不多，但知道有不少與我一樣年華的學生進去了。如今，我竟目睹一群與我一樣青春年華，還是學生模樣的政治犯，正被送到感訓監獄八卦樓裡。

他們被螺旋槳捲起的強風吹得彎腰駝背，亂髮飛揚。我則遠遠地站在一旁觀看，努力追尋著這些人的容貌身影，企圖找出他們就是成大案學生的任何蛛絲馬跡。當然是徒勞，因爲那個案子的學生我一個也不認識。

看著這些年輕政治犯，我內心極爲戚戚然。那些熟悉的神情與肢體，讓我直覺我們必然有過共同的經歷與學習、我們必然讀過一樣的歷史與文學，必然有著共同的嚮往與憤怒。然而我們卻有著不同的遭遇，他們帶著還是學生的模樣走進政治監牢，而我卻陰錯陽差地在這荒島上邂逅他們，以一個旁觀者的身分。我感到萬分的悲愴，轉身回營。

「……
關於我的男性中心，在上封信我已提過我的理解。這次再看到妳所舉的例子，我不得不對自己有這習性低迴不已。……那時我也只不過是出於一種與朋友開玩笑的心理，而無視於妳會有何感覺。一直以爲妳對這些玩笑會一笑置之，也沒想到妳心裡會有疙瘩。不管如何，我是要好好反省一下我會這樣說的心理。……

一九七四年五月七日早，綠島」

「……
早上的時光是一天中最好的，營房裡很涼爽，同時帶隊出工的都走了，很安靜，精神也很好。辦完一些公事後即可不急不徐地做自己的事，而非全身懨懨地度過炎熱的下午與煩躁的夜晚。今天卻因貪讀《Newsweek》上有關共生解放軍與塔妮亞的報導，竟沒好好睡個午覺。

這期那個專欄女作家 Shana Alexander 那篇關於共生解放軍的評論寫得不錯，其中重要的一點是指出了美國女性在婦女解放運動的衝擊下的一個徵候。封面上的照片很棒，不是嗎？

雖說現在讀書情況不錯，但總非自由之身。老實說大學時代如果能有現在讀書情況的一半，就不會如此徬徨了。不過想要在這種不順遂的環境下彌補大學所失落的，也委實可笑。如此我就發覺不能把自己塑造成萬能的形象，要坦然面對自己的諸多缺陷。我說這些，是因爲發覺對自己所賦予的偉大感、完美感、道德感，反成了牽扯自己的阻力了。

我似乎活在未來，『未來的我』一定是個完美的形象，縱使不清楚那到底是什麼，而現在的我則必須展現那未來的我的徵兆。也就是說，我常將這未來的我投射到現實來，常把這未來的我當成現實的我了。雖然不清楚那個未來的完美爲何物，而只能用否定式去感覺它，譬如我現在的哪種行爲、哪個想法是不完美的，但未來完美的我與現實落拓的我就如此交織在自我意識裡，常令我一念之差誤幻想爲現實了，也常因此而沮喪不已。

老實說，我們是不甘於淡泊。不是指的外在的名利追求，而是內心對這世界的反應。我們一直要求自己對這世界有所作爲，如此一來，爲了維持自己的尊嚴，很多盲信應運而生，以致對自己不誠了。

……

一九七四年五月十日晚，綠島」

與子同袍，與子同澤

「這幾天除了對妳的信望穿秋水外，心情也起伏不定，每天總有很多話要對妳說似的。記得以前與妳相處時我常是啞口無言，讓妳瞋目以對，那時確實花費很多心思在為妳心情的好壞盤算著，以致常不能好好自省與傾訴，來到這裡卻是一變。妳讀過卡繆那篇〈生活中的藝術家〉吧，我想大概是這麼回事。由於對『生活本身』的疏離，我們之間過去常會流於空洞。而今我在此地，雖說生活條件不佳，但至少也讓思想活生生地流竄著，毫無障礙。就如妳說，我們的隔離或許是件好事。

昨天下午沉思時，我突然在自己的意識世界裡抓到了什麼，此後一直像著了魔似地被糾纏縈繞。我發現，我的自我意識流大都是些片片段段的影像，當我在思考或平常意識所及，都是這麼一種狀態：我想像著在對別人如何言說，如何舉措。這不只是白日夢，而是我整個意識流的過程，我似乎是用這種方式在思考，在決定，在構作下一步行為。甚至我在沉思時也是如此，忙著尋覓漂亮的辭彙，堆砌輝煌的知識樓台，以一種向人描述的語言與背景在進行。這已是一種無特定目的的耽溺，我不知不覺變成如此，令我很驚訝！突然發覺我不知有所謂自省的語言了，我的自省變成對別人的訴說。我很惶惑，覺得很疏離於自己。以前我們討論過，我對情的掌握不深，恐怕是由此而來，我不能入情，也因此我無能確實掌握自己。

……

幾天來我還在爲著我是否男性中心而苦惱著。就不提這種術語吧，以我心目中對妳的期待來說比較落實。我想我確實如妳指出的會無意間流露出傳統男性觀，而沒把妳當成一個完完全全的人，完全是以我投射出來的形象來期待妳。我把妳侷限在傳統女性角色的牢籠裡，而沒賦予妳一個與我一樣完完全全的人的形象與期待。這幾天想到這點，不禁愧疚萬分。對一個正常男人來說，我還是會嫉妒的，情緒上也難免於波動，但至少現在我要認眞地向妳說，我會在理性上接納妳的全部。

一九七四年五月十二日晚，綠島」

……

鵲佔鳩巢

又是吃過早飯、隊員已經出工的寧靜上午，我們幾個新預官待在大通鋪裡蘑菇著。突然間輔導長怒氣沖沖地進來，一逕闖進蒙古仔的房間，接著傳來他的斥罵聲：

「蒙士官！我跟你講過幾次了？你還在摸魚。」

蒙古仔顯然應該出什麼任務的，竟還在房間裡搞他的貝殼與八卦。輔導長在外頭沒找到他，發現他還在房間裡，就罵將起來了。而蒙古仔也來不及把那些寶貝收藏好，這下更惹起了輔導長的火氣：

「你公事不幹，還搞什麼貝殼畫？通通給我拿走。」

蒙古仔只能手忙腳亂地收拾那些攤在桌上床上的寶貝。然而輔導長怒氣未消，顯然對他的不滿已經累積了很久，繼續要挑他毛病。然後眼睛看向在大通鋪的我們，突然發現了什麼，回過頭繼續嚴厲地說：

「你還佔了個房間？少尉軍官都還在睡通鋪呢！你憑什麼有房間？你馬上給我搬出去，馬上搬到通鋪去！」

蒙古仔聽到了長官的命令，頓時灰白了臉。而輔導長一邊說，一邊看向在大通鋪裡噤聲無言的我們這批新預官，然後指著我下了道命令：

「鄭少尉！你立刻搬到這房間來。」

他竟然看上了我，讓我措手不及，只能囁嚅地答聲「是」。而輔導長在下完命令後即轉身揚長而去，顯然終於了卻了一樁心事。

我一時百味雜陳，雖然這是個優遇，但我並不想在新來的預官中獨享此優遇，自顯突出，更不想因此而竟逐出老士官蒙古仔。我看到蒙古仔一臉鐵青，忙著收拾家當，也感受到旁邊預官同僚們的歆羨神情。

「你想留下來就留下來吧！我沒有一定要住進來的。」我站在他房間門口歉疚地向他這麼說，試圖安慰他，也表白這事非我本意。

然而蒙古仔臉色決絕，二話不說，很快地把他的貝殼畫八卦蟹連同其他家當收拾乾淨，搬到通鋪的一個空角落去了。而我也只好尷尬地搬進這小房間。

哥兒們

其實我並沒獨享這房間，我的同房是一位年輕小夥子，政戰學校專修班出身的少尉孫明節。蒙古仔被趕出去的事他雖不忍，卻也鬆了口氣，因爲他已經快受不了蒙古仔用來製作八卦蟹標本的福馬林的味道了。

當天下午，孫明節就拿出白酒，找到一些花生米，並叫來幾位營裡的同夥，歡迎我來進駐他的小房間。其中有我們隊上的分隊附李孟良與六隊的幹事莊進福。大家在幾杯下肚之後，就又唱起正在流行的歌謠。我在大學時就經常與老友喝酒解悶唱歌助興，這天下午只讓我感到窩心，卻是難不倒我。大家酒酣耳熱，開懷高歌，賓主盡歡。

少尉李孟良是專修班步兵科出身的分隊附，鬈曲的短髮，滿臉的青春痘，還有著漫不經心的笑容。他看起來是可以隨遇而安的，卻已是記過累累。平常總是咧嘴而笑，露出兩顆門牙間的大縫隙，不以爲末日將臨。只要能繼續隨意過著日子，那最後一個處分對他而言似乎還是十分遙遠的事，即使會將他當兵的日子全部作廢、重新算起。

莊進福則是孫明節的專修班同期，乾癟的瘦弱身軀，黝黑的皮膚，卻有雙明亮的大眼睛，透露著與人爲善的信息。這兩位是孫明節在營裡的死黨，我也跟著與他們熟絡起來。

指揮部的基層軍官基本上由預官與專修班組成，這兩幫人馬之間是有那麼一點心理距離。專修班雖有職業軍人身分，卻不是軍校正科班出身，又只讀兩年，只能掛個少尉軍階，與預官同一階級，不像軍校正期生一畢業就是中尉。預官大半又都是歷經聯考的大專畢業生，而專修班卻大半是聯考的挫敗者。這兩批年輕軍官同時來到軍中，塡補的幾乎是相同的一些位置，互相之間難免會有一些微妙的競逐與互斥心理。

專修班讀兩年軍校之後就下放部隊，以少尉軍階服役四年。他們一來到這裡就準備待上四年，一兩年下來就成了這裡的老鳥了。四年之後或者退伍，或者申請晉升中尉，繼續留營。在指揮部裡，我們看到的年輕軍官不是預官，就是專修班出身的少尉與中尉軍官，而沒見過任何一個軍校的正期生。

大半的專修班軍官與預官一樣，一入伍就開始「數饅頭」，期待退伍的日子。然而他們要數上四年的時光，我們則只要兩年不到。四年與兩年的心理差距是超過兩倍的。何況預官在下部隊之前已經磨過半年的成功嶺與分科教育階段，大專軍訓課又可抵兩個月，算下來預官其實只下部隊一年又四個月而已，數起饅頭的速度當然比漫漫四年快多了。因此，專修班的年輕軍官們若非已經打定主意四年後繼續留營，總會覺得這四年似乎是渺茫無期，不數也罷。有些人也就混著日子過，甚至萎靡自棄起來了，以致記過連連。

我們埔里啊！

專修班的年輕軍官同期分發到這裡的，同預官一樣人數也不少，這麼多年輕幹部來到這裡，顯示著軍隊中的老兵在急速凋零之中。他們有步兵也有政戰，聚在一起熱鬧得很，彼此對待也很豪邁，一天到晚呼嘯之聲不絕。

他們也愛唱歌，不時就會傳來當時流行的那些迴腸蕩氣的歌謠。當時正是歐陽菲菲〈熱情的沙漠〉當紅之時，只要有人引吭高聲唱出「我的熱情——」，就同時有不少人搶著回應「啊——」！然後大家齊聲接著唱出「好像一把火——，燃燒了整個沙漠——」。在這火熱的荒島上，這簡直是火上加油，但卻也發洩著這批年輕人感覺被「放逐」在這荒島上的悶氣。

比起心理包袱較多的預官他們顯得更有同志感情，而謹小慎微的預官也較不易與他們混在一起。然而我在搬進小房間那天下午，與他們喝了酒唱了歌之後，也算就被認可接受了。

孫明節是個心無疙瘩、十分開朗的漢子。他的綽號叫「皮鞋」，來到這裡已經快兩年了。他這個綽號不知從何而來，但我還是喜歡叫他本名，覺得這個名字十分明白響亮，而他這個人也就是如此明白響亮。

他對自己如此出身與處境毫不在意，嘴上倒是經常掛著「我們埔里啊！如何如何」，對他家鄉的山明水秀、地靈人傑充滿著自豪。他長得挺拔，卻帶著一張有些稚氣貪玩的臉孔，整個荒島他都踏遍，每個村落也都有他的熟識。

他說他家四個兄弟就按著忠孝節義排下來，他自然是老三了。他的閩南語與國語都十分流利，讓人看不出他家的來歷。而他那種心無疙瘩的豪爽以及頗具輪廓的臉型，又讓我猜想他或許流著埔里原住民的血液。然而我並不想去搞清楚，只聽著他又說起「我們埔里」就覺得不需要太深究了。

我們兩人頗爲投緣，一下子就攀談得十分投機。他心無疙瘩，性格開朗，不以我高學歷爲意，讓我十分釋然。我也心無芥蒂，毫不設防，幾天下來，竟與他扒得有如換帖兄弟。他已摸熟了這裡的種種，我開始從他口中聽到，不僅指揮部裡的大大小小，還有荒島上百姓間的各種人事。此後，我就經常跟著他上山下海，對此荒島做一番巡禮。

我們也發現彼此都喜歡唱歌，熟稔當時各種當紅的流行歌謠。從黃俊雄布袋戲所唱的，到歌壇新秀的鳳飛飛，以及悲壯的萬沙浪。他還讓我見識到剛新上市的卡匣式錄放音機，小小的卡匣錄音帶比起傳統唱片來眞是十分精巧，他還有不少錄著各種流行歌謠的小小卡帶。我們經常隨身帶著這個唱機，來到山上海邊，盡情聽歌唱歌。他又很努力地教我唱一首當時在部隊裡流行的歌曲〈我們都是一家人〉。這是一首起源自原住民的歌謠，既沒哪位歌手唱過，也無樂譜，卻在部隊裡口耳相傳。經過多方傳唱增修之後，成了當時當兵的時代之歌了。

我們經常在晚餐後來到海邊散心。荒島的海岸是礁岩地形，除了散布著不少高聳的大礁石，點綴成美麗的海景外，海陸交接處多是嶙嶙峋峋的岩石海岸。退潮的時候就會露出很多裝滿了海水的大小窟窿，窟窿裡面竟然充滿著多采多姿的海洋生物，讓我大開眼界。我們在崎嶇不平的礁岸上，小心翼翼地踮著腳尖走向大海。越往外走窟窿越大，裡面的海洋生物也越精采，從五顏六色的海草到色彩斑爛的熱帶魚，以及躲在各種美麗螺貝裡的寄居蟹，令人驚嘆不已。我們還比賽誰能找到將身子鼓得圓滾滾的小豚魚，雖然毫無所獲。

那層皮

炎熱的荒島夏日很快來到，我跟著他到南寮漁港邊游泳。那裡有凸出海岸的防波堤，不像其他嶙峋的岩岸難以下水。堤防筆直伸出在南寮的海灣裡，我們從堤防這頭跳下水，橫過海灣游往對岸。下水之後發現果然夠深，然後游著游著，卻發現底下漆黑一片，深不見底，有若游在浩瀚巨洋之中，心裡湧起一絲如臨深淵的恐懼。我抬頭看著他正穩穩地游著，遂也鼓足餘勇，奮力向前了。

我們也經常相約一起去洗冷水澡，裸裎相見，毫無遮掩。我們當然不在營房前的水池，而是去大隊隊部後邊的一個有著大水池的公共浴間。經過多年散漫的文藝青年式的大學生活，我雖還有著年輕的肌膚，原本蒼白的體態其實已經開始鬆墜，而他卻有著古銅而結實的體態，令人羨慕。我們如此在浴間默默地互相觀察對方的身體。有一次他終於按捺不住，很認眞地對我說：

「誒！你知道嗎？你那裡如果經常往上拉的話，就不會太長了。」

看到他那完全脫出的雄性，以當時的流行觀點，我的那個確實會被認爲太長。然而照他的話去做就能像他的那樣嗎？我不免懷疑，也有點尷尬，只能回答說：

「眞的嗎？」

「眞的！不信你試試看。」

看到他是那麼一臉認眞，我也只好回答：

「好！我開始試試。」

那陣子，全台灣的部隊似乎流行著那麼一項小手術。下到陸軍野戰部隊的老友元良，在後來一次放假碰面的機會還曾興奮地跟我說，他到部隊的醫務室找醫官把他的那層皮給割了。他還說那是個很簡單的手術，很多預官都去做了，也勸我去做。相較之下，我想還是皮鞋的建議好一些。

風從哪裡來

我也曾數度跟著皮鞋帶著一班人馬上山割豬菜。所謂割豬菜即是割蕃薯藤的枝葉，用來餵食營區裡養的豬。

荒島種不了什麼東西，倒是到處可見蕃薯，山上原本長滿林投與各種原生灌叢的台地已有不少被闢爲蕃薯田。而蕃薯也憑著它的韌性自行蔓延開來，擴展領域。它的枝葉就成了餵豬的好飼料。隊部分配到割豬菜的任務，通常只有一班隊員由一個幹部帶著，到營區後山的台地上。一到那裡，就各自散開找豬菜割，到了收工時間，各自扛回所穫交差。

我們從流麻溝旁的S形彎路上山，平坦的山上台地到處是低矮的灌叢與林投，夾著一些菜園農田，沒什麼樹木。除了一個叫「觀音洞」的小廟，不時會有台灣的善男信女渡海來膜拜之外，並無人居，一片枯寂景象。

我們在沿途會遇到一些從事農活的村民，以及幾隻農家放牧的黃牛。隊員們興致勃勃，遇到村民就有說有笑，尤其遇到年輕農婦，更是斗膽地開起玩笑來，而對方也不甘示弱地回嘴。

一到目的地隊員們就很熟練地四散開來，各自割豬菜去了，我與皮鞋則會去找個陰涼的地方坐下。在那風向變換不定的山丘上，我們經常引吭高歌萬沙浪當時的熱門歌謠〈風從哪裡來〉。我也不時會聽他談起隊員上山的種種軼聞。

有次他就講起，曾有村民來投訴說山上放牧的牝牛無故發情，懷疑是上山割豬菜的隊員幹的好事。隊員上山明著割豬菜，暗裡則有不少迴旋餘地，只要不過分，長官只能睜一眼閉一眼。

談起隊員生理需求的滿足，皮鞋更有話要說了：

「你知道他們隊員之間有些專門在賣玻璃的嗎？」

我一時聽不懂他的行話，經他一番解釋之後才幡然了解。了解到人在被剝奪他習以爲常的性愛情境下，竟會回復到它的原始多元可能，對方的性別甚至是物種的選擇似乎就不再是必要考慮了。

「我那一封長信確實有點疲勞轟炸，只是那時欲罷不能。而從那時起，我幾乎無時無刻不想對妳說話。然而這裡寄信麻煩，並非附近有個郵筒，投進去便了。總要託人帶出去寄，甚至過海去寄。

以前信寫得不清楚也不會太放在心上，反正見面再談，方便省事。然而此後卻不知多久才能見面，天天積壓的感情也只有透過千言萬語，望能傳達一二了。現在我眞是唯恐話說不清，或胡言亂扯虛應故事，因此也只有戰戰兢兢、不厭其煩地一字一句寫出。收到妳的信，我也變得謹謹愼愼地一字一句讀著，生怕會漏掉什麼。

我自己反省著，過去我總是不經意地寫下一些文字，除了表達情意外，也像一種孔雀開屏，常常只是爲了展示或完成一封信，信筆寫下過不久就會忘記的話來，以致於信件雖如此妳來我往，卻讓我深覺言而不暢。

雖這麼說，妳可別誤會我要篇篇都冷冰冰地來解剖些什麼。當我在如此自省時，內心也正是兒女情長之時。我需要眞誠的剖白，同時也需要火熱的慰藉。那常令我在夜深人靜時還輾轉反側的，在信上實難言其一二，尤其可能的信件檢查更令人無奈。不過妳要知道我這情意有多大就好了。

我再提一下我那不能『內化』的毛病。就如妳說的，我們在知性上發展出來的一些認識，不能完全在生活中行爲出來，因此常會有尷尬的場面。我發現我的很多想頭與認識都只停留在語言的層次，譬如給妳寫信，會刻意去寫出一些四平八穩的漂亮言辭，而不管其是否能與眞相符合。而我提過的，在意識流中所運用的那種向人描述的語言，也就是會造成這種結果。忙於尋覓著漂亮的辭彙，堆砌著漂亮的樓台，然後卻止於如此。因此不能深入這些語辭所代表的意義領域裡，也即不能讓外在的知識內化爲內在的人格與智慧。……

我想妳現在正忙於準備考研究所，我不希望如此多嘴妨礙了妳的功課，但內心企盼著妳考完後能好好與我談談這些問題。

一九七四年五月十三日晚，綠島」

「今天下午接到妳要幫我報名留學考試的電報，甚為驚訝！原來我是不打算報考的，因為決不定要考什麼，也毫無準備，而且剛來不見得請得准假，所以打算明年再說。雖不甚明白妳如何想，不管如何我把有關證件都寄去給妳就是。若請得准假，能回台一趟總是不錯的。

只是不知道來得及報名否？大張的照片也可能來不及洗出，更糟的是妳研究所考試就要開始，哪來時間為我奔波？事出匆促，若因我一時掉以輕心，就請原諒我吧！

……

一九七四年五月十五日晚，綠島」

罪與罰

「前天船來了，卻沒帶來妳的隻言片語，兩個禮拜前的傾訴至今尚未得到任何回應，眞令人惆悵呢！尤其這兩天朝思暮想的就是妳的信。

阿腳寄來一份《自由報》的影印（不知哪裡冒出來的報紙），上面歪曲地報導台大哲學系的所謂重重黑幕，把王曉波與陳鼓應說成是陰謀者，羅織了很多令人嘆爲觀止的情節與罪名，連黃天成也很倒楣地被拖下水！那種被人宰制的感覺不禁又油然而生，那種任眞理被人歪曲，自己卻手無寸鐵的無能感！

妳知道，我幾乎沒有勇氣把它讀過第二遍，心裡是累極了，灰心極了！這篇文章不只報導新來的系主任孫智燊召開系務會議的情況，還成篇引述他的觀點。姓孫的這傢伙之醜陋眞令人想幹掉他，當然可想而知馮那傢伙又在幕後搞什麼鬼了。可驚的是，在一年半前林一教室受辱之後，他居然沉潛隱忍一年多，至今猶不放過其中任何一人，而更見其威力。這種人性是很令人驚奇的，這種人性的領域我們除了只會嗤之以鼻外，可曾眞的涉獵過？

讀了這篇歪曲報導，我這幾天原本在這塵世失樂園的浪蕩中，又突然遊魂到廟堂之域了，震驚於人性被扭曲，義憤於眞理被踐踏。這種廟堂與塵世交錯的情境令我困惑不已，我在這裡一方面侷促於很個人很世俗的問題，另一方面卻又讓廟堂的氛圍籠罩，這兩種如何在我心裡共存呢？老是在其中翻滾，卻滾不出路來，這也是我覺得很累的原因。有時會覺得天天與那些專修班的小夥子去爬山玩水，不是頂快樂的一種生活嗎？沒有千古之憂，沒有對家裡的、對妳的、以及對自己建構出來的廟堂的負擔，不是很自由嗎？

這是這個禮拜來的感覺，以前好像沒這麼累過，好像一盤棋的陣勢完全被打亂了，只等著被將死，被吃光，而後就生出不想再玩了的感覺。聽來好像很糟，不是嗎？但也可能是我新生的轉機。此刻我很需求妳的隻言片語，妳記得這首歌：You are my sunshine, my only sunshine…，我不禁哼起了這幾句。曾經與我分享過這幾年來的歡樂與痛苦的妳，我企盼著能在這時候給我一點慰藉，……。

一九七四年五月廿二日晚，綠島」

勞動的價值

上山割豬菜這種差事的體力消耗並不亞於修築公路，但卻是更自由的外出勞動，因此很多管訓隊員想幹，爲此他們也會努力割回豐碩的豬菜。

隊員們終究是喜歡出工的，他們可以走出營區，接觸外面的世界。何況體力勞動對他們大部分人而言並非沉重負擔，不像對讀書人那樣有著另類的複雜意涵。他們很多是出生勞動階層，勞動與生俱來，淪爲慣竊似乎並非由於排斥勞動之故，其中有不少人身強力壯，可以看出是有勞動底子的。如此因犯規而不能出工反而就成了一種不小的懲罰了。終究說來，體力勞動對於這些隊員並不太達到懲罰的效果，那爲何還淪爲竊盜累犯，我竟也困惑了。

隊員一般犯規會被戴上用鐵鍊連著的腳鐐，這種腳鐐除了有礙於他們亂跑外，可以正常走動，對他們的勞動也沒有什麼影響，因此每天早上還是正常出工。他們爲免長長的鐵鍊拖在地上累贅，而且兩副腳鐐擱在腳上會磨破皮，就用根繩子綁在鍊子中段，再將繩子拉上來繫在腰上，這樣即可將鍊子拉離地面而不致拖地。鐵鍊雖然拉離了地面，然而夾在兩腿之間，走起路來互相摩擦撞擊，就一路叮噹作響。

那些甲級竊盜犯中最嚴重的都集中在第一中隊，他們全部上了這種鐵鍊腳鐐。一個戴鐵鍊腳鐐的隊員發出的只是叮噹之聲，全帶著這種腳鐐的一整個隊伍發出來的就成了一串串重金屬聲了。當隊伍行進時，這轟隆的重金屬聲從遠而來，好似科幻電影裡的金屬怪獸逐漸逼近，極有震撼效果。這批被認定是最頑劣的分子又是各個體型壯碩、滿臉橫肉、目露凶光，第一次在路上遇著，還眞令人怵目驚心。

然而這種鐵鍊腳鐐除了有礙於他們亂跑外，並不起太大懲罰作用。對於一般隊員，關在禁閉室或戴上一種鋼筋腳鐐而不能出工，則是更嚴重的懲罰了。

那種不能出工的鋼筋腳鐐是用一根鋼筋做成的，也就是說腳鐐之間不是鐵鍊子，而是根直直的鋼筋，有五六十公分長。戴上這種腳鐐，兩隻腳是撐開的，走起路來就得整個身子向右彎再向左彎，歪歪扭扭地慢慢前進。當然一戴上這種鋼筋腳鐐就不能工作，也不用出工了。對於他們這是嚴重懲罰，因爲能走出營區無論如何總是個透氣的好機會。不僅可以接觸大自然，還可以趁機與荒島的鄉民交往。很多事情就在這些祕密的交往中發生。

藝術家的尊嚴

當然，更嚴重的懲罰還有一種，就是直接的肉體之痛——杖打，隊上不時就會發生一次。

有天晚上，剛吃過飯，營房裡暑氣逼人，令人煩躁。突然從第三中隊那邊傳來了一陣哀號聲，又是哪個隊員惹惱了長官挨了打。我跟著一群好事的幹部們圍攏過去看，竟是一位長得清秀的隊員，旁邊有人說是做貝殼畫的隊員。他不知犯了哪一天條，只見俯躺地上，雙手與肩膀被人從前頭重重按住，外褲被卸下，兩條大腿已是血跡斑斑。

這簡直就是古時候的笞杖之刑。一個分隊長拿著一根竹扁擔負責行刑，笞打他的後腿股。行刑者將扁擔高高舉起，狠狠摔下，再順勢一抽，沒幾下就將他的後腿股打得皮開肉綻，只聽到他趴在地上哀號求饒，令人極爲不忍。我沒能看下去，轉頭回自己營房去，哀號之聲卻還不斷傳來。

沒兩天，他被發現死在貝殼畫室裡，他喝了畫室裡的福馬林自殺了。據說當晚杖刑完畢，隊長還進一步宣布取消他在貝殼畫的工作任務，回歸一般隊員身分。他留下遺言，提到隊上長官在隊員面前公開鞭笞他，又剝奪他製作貝殼畫的機會，讓他有著不可承受之恥辱，無顏再活下去。

在營區裡被如此杖罰的所在多有，這些日子來就經常看到不少後腿結痂未癒的隊員，有的還戴著腳鐐，韌命地活著。難道貝殼畫的製作竟讓一個苟活的管訓隊員，蛻變成一位有著自尊的藝術工作者了？

禁閉坑裡的殘生

夏日尚未正式來臨，荒島晚春的五月只要一出太陽就特別熾烈，加上南風一颳，站到屋外又會讓人有渾身濕黏黏的感覺，只能躲回營房裡。那天下午第六中隊的莊進福來找皮鞋，要他一起陪著去禁閉室帶回一名新生，我也好奇地跟著去了。

我們來到營區後邊靠近流厤溝的一個小角落，這個角落四面圍著加了鐵絲網的高牆，中間一條走道，有衛兵把守著。我們通過衛兵崗哨走進去，一陣惡臭味馬上撲鼻而來。這條唯一的中央走道兩邊各有一排乍看像墳塚的大土堆，仔細一瞧才看出這些既非墳塚也非土堆，竟是一個個洞穴式的建築體。

這裡是指揮部所謂的禁閉室。說是禁閉室其實不成其為「室」的，每個所謂的房間只是個小洞穴，人在裡頭是站不直的，只能蹲坐著或趴著，「禁閉坑」是比較貼切的名稱。禁閉坑除了在面對走道的前頭貼地有一個開口外，沒有其他窗子，也沒有燈光。而這個開口更是狹小，只能容人爬進爬出，平常用鐵欄杆關著，飯菜由此傳送，吃喝拉撒都在坑裡頭。

我們是來將一位六隊的新生帶回他們隊部的，他被關在這裡有好一陣子了。我們走到關他的禁閉坑前面，看到他整個身子趴在地上，頭朝外，兩手抓著鐵欄杆，長久不刮而長滿鬍髭的臉孔露在洞口，對著外面喃喃自語。這應該是他慣常的姿態，只有這樣他才能呼吸到較為新鮮的空氣。

當他看到我們來到時，就開始對著我們口齒不清地大聲叫嚷。他鄉音濃厚，聽起來像是山東口音，又語無倫次，實在聽不明白說些什麼。對來帶他回去的幹部而言，他說些什麼其實也無關緊要了。

我們在洞口屈身蹲下，忍著洞裡撲鼻的惡臭，打開欄杆鐵門，然後幾乎是用拉的才將他拖了出來。莊進福一邊拖著他，一邊對他說：

「隊長要我來帶你回去！這次你可要乖一點，不要再亂來，知道嗎？」

他渾身發臭，似懂非懂地聽著，口中則繼續喃喃訴說別人聽不懂的話。他試著站直，卻又馬上倒了下去，顯然在洞穴裡趴太久，一時不能站得起來，只好蹲著。眼睛因久在暗中摸索，碰到外面強烈的陽光，也一時睜不開來。我們只好忍著惡臭，等在那裡讓他慢慢調適過來。

他顯然是這裡的老新生了，隻身在台，不僅外頭沒人要保他出去，他自己也瘋掉了。平常在隊裡除了瘋言瘋語外，不時還會鬧事闖禍。就指揮部的立場來說，是應該把他送到花蓮玉里榮民醫院的精神病房去的，然而據稱那裡已無空床，而等著入院的又已是一長串了。六隊只好在他鬧事時把他關到禁閉坑裡，過一陣子才又放他出來。而這一次又不知道鬧了什麼事，顯然還蠻嚴重的，才被關這麼久。

他的鄰居是四隊隊員，滿頭的亂髮與滿臉的大鬍子糾纏在一起分不清楚，也趴在洞口，以兩顆圓滾滾的大眼睛直瞪著我們看。皮鞋說這個大鬍子隊員也是屬於不能放回隊部的，因爲他晚上睡覺會做噩夢，亂喊亂叫，繼而連鎖反應引發全體隊員的鬧營。爲了避免這樣的嚴重後果，只好把他「暫時」關在這裡。

這時關在禁閉坑的除這兩名外並無別人。其實平常陸續會有一些嚴重犯錯的隊員被送到這兒來，我們隊上就曾有一位多嘴的隊員，居然也有他的政治議論，說了一些台北橋收費不合理，都是些貪官污吏的話，被隊上長官聽到了，也被送來關了幾天。

在荒島的酷陽下，我們幾個人爲了等這名六隊的新生恢復體力，幾乎都已受不了曝曬與惡臭了，然而他卻一再仆倒，站不起來，像隻剛出娘胎的小牛犢。過了好一陣子，最後他終於慢慢站了起來，眼睛也逐漸適應外頭的陽光，但也只能緩步移動。我們隨著他一小步一小步地，總算把他送回了六隊隊部。

不屈的戰士

皮鞋與我悶悶地走回我們五隊隊部，他嘆了口氣對我說：

「去年也有一位新生被關在那裡，還鬧出了大事呢！」

「哦！」我睜大眼睛，期待他多說，他於是幽幽地說起那件事：

指揮部的禁閉室其實原來並沒如此一副牢不可破、密不通風的樣子。會搞成現在這樣子，還是起因於另一位關在這裡的新生。

這是一位身分很特殊的新生，名叫韓文富，中共解放軍戰士，東山島之役被俘虜來台。所謂的東山島之役是國府在一九五〇年代與美國中央情報局合作，組織一支「反共救國軍」，突擊福建東南沿海東山島的一場戰役。這場戰役最後以國府撤退告終，但卻俘虜了一些人當戰利品。韓文富即是其中之一，他被送到荒島的新生隊來關著已經很久了。他其實是所謂的「匪俘」。

前一年的有一天，他趁著大家正在忙著康樂會的活動而不注意的時候，竟然寫了好幾張「共產主義萬歲」之類的標語，到處張貼起來。他於是被關到禁閉室裡。

在禁閉室裡，他還是一樣倔強，而關在隔壁的恰巧是一名善於開鎖的管訓隊員。他們兩人竟然合謀將牢門打開，擊昏衛兵，一起逃出了指揮部。

然而在沒有外援之下，他們除了在這荒島的山裡山外繞來繞去之外，還能逃到哪裡？最後這兩個人當然是被抓了回來。韓文富罪行更重，因爲衛兵是他動手擊昏的，於是隊裡長官對他動用酷刑。

他被剝光上衣，用鞭子猛抽背部，抽得皮綻肉開，血痕斑斑。他咬著牙關，企圖挺過去。然而在抽過一陣鞭子後，竟有人在他已是傷痕累累的背上灑上鹽巴，遂令他痛得昏死了過去。

然後施刑者再從前面朝他頭部潑上一桶冷水，又讓他醒了過來。於是後面的皮鞭再次朝他背部猛抽，鹽巴也再次抹上，再次讓他痛得昏死過去。然後前面又有人澆來一桶冷水，讓他猛然醒來，如此周而復始。這些施刑的幹部對這「匪俘」是特別地同仇敵慨，而他竟是一次次挺了過去，並沒求饒。

「看到這裡，我就眞的看不下去了。」帶著湊熱鬧的心情去當這場酷刑的旁觀者的皮鞋，神情悲戚地述說著，而我也聽得心如刀割，說不出話來。

彼此沉默了一陣，皮鞋顯然從悲戚的心情回復過來了，又說：

「不過這些新生其實比竊盜犯還可惡，他們的所作所為是危害到我們國家的生存的。」我聽了卻是無言以對。

韓文富在這次事件後據說被送離指揮部，不知所終。而那位我們去帶出來的六隊新生，聽說過後不久又因鬧事被送回了禁閉坑。

風中搖曳的野百合

在跟著皮鞋到處探索荒島的五月天，有次在一個晴朗的日子，我跟著他從指揮部的後門出去，跨過流麻溝的小橋。他笑著說：

「這條流麻溝原來叫做鱸鰻溝，聽說這裡以前還可以抓到大尾鱸鰻呢。」

「大尾鱸鰻」四個字特別用閩南語來強調，我聽了一笑說：

「現在大尾鱸鰻都到指揮部裡來了。」

我們穿過溪邊一些低矮民居，沿著小溪右岸往出海口走去。沿途右手邊大半是山崖陡坡，然後在經過一處較為平緩的山麓時，我看到土丘上立著不少小石碑，凌亂地散布在荒煙蔓草之中，竟是個亂葬崗景象。我心頭一驚，想著這可不像老百姓的墳墓，還沒開口問，皮鞋就說了：

「這些是以前死在這裡的新生的墳墓，死了之後燒成骨灰，又沒家屬來認領，就埋在這裡。」

這一個個向著大海的小小墓碑，經過多年都已經風化得字跡模糊，成了一片荒塚，埋了之後就沒人再來祭拜。陪伴這些孤魂野鬼的除了來自海洋的朝夕風雨外，就只有那沿著山麓一直開到海邊的野百合花了。這種白色野百合是荒島上生命力強韌的少數花卉，它們並不成片地開著，而是孤伶伶地這裡一叢、那裡一簇。它們不只開在山麓的坡地，往高崖仔細一瞧，也會發現從崖壁上突兀地冒出來的野百合，在風中搖曳著。

我們走到流麻溝的出海口，再往右拐，一條沿著崖壁的小路往上通到一個面海的山洞。皮鞋說這裡叫「勵志洞」。這個山洞並不深入，洞口向海敞開，地面倒十分平坦，像個內縮的半圓劇場，因而通風良好，光線充足，也十分陰涼。我想著這眞是夏天避暑的好去處，皮鞋卻神祕地問起我說：

「你知道這勵志洞是幹什麼的嗎？」

「勵志洞當然是修行的好地方啦！」我隨口回應，他神祕地搖頭。

我又注意到地上有一大塊焦黑的痕跡，又答說：「嗯，大概以前的人在這裡升火取暖或者烤肉吧！」

他還是神祕地搖搖頭，然後一臉嚴肅地揭開謎底：

「這裡是火葬場！」並指著那塊焦黑的地面說：

「你看，就在這裡。」

洞裡原來的那陣清涼頓時化做一股寒氣，直侵骨髓深處，令我不寒而慄。皮鞋卻還若無其事繼續說著：

「剛才看到的那堆墳墓，都是先在這裡火化的。」

「現在——，還用嗎？」我有點接巴地問。

「當然還用！有死了的犯人需要火化的，都還是抬到這裡來。」

從這裡望出去是湛藍的天空與飄渺的大洋，海風習習吹進來，我心中默哀良久。

「走吧！」皮鞋也覺此非久留之地，催促著離開。

我們尋原路走回，再次路過那堆亂葬崗，我遙望著山崖上隨風搖曳的野百合，默念著

「孤魂野鬼同志們，安息吧！」

「總算什麼都收到了，書也收到了。當然是戰戰兢兢地、興奮地打開信封，啃著每一個字，然後再回味一下妳的笑靨，讓自己沉醉一番。雖然妳的信未能令我盡情，總覺得該有一些話來療我心中創傷。但現在只期待妳下一封信，其他什麼事也不想了。

關於入情這問題，近來一直如魂附體糾纏著我。我覺得體驗已是很深了，要改造卻是很難，是一個重要的轉捩點。我自覺到的情境是這樣，當我遇到挫折或尷尬處境時，譬

如某些行爲不合乎自己夢想中的典型時，總是先用道德語言來規避掉自己的內在感覺與情緒，道德語言變成逃避自我的工具。

說到這種道德語言，我想起一個適合的形容詞，即『精神上的體面者』。不去正視自我，卻經常試圖用一些淺薄的道德意識來麻木自己的各種素樸的感情。而我前所提到的，在我的整個意識流裡所浮現的語言，不是與人談論就是對人敘述。這種狀態衍生的一種情況即是無能於實行，因爲自己不能全心沉浸於事情的來龍去脈中，不能眞正去體驗事情的眞相，而經常是自己去構做一個往往與實際不能契合的『客觀情況』。因此就拙於處事，現象之一是我們雖有著很眞誠的對人類的關懷感，但卻讓自己被某種形式或主義之類的套住了，而不能依此眞情去構做行爲方案。這些礙，這些隔，這些蔽都使我不能入情，不能觸知眞相。

……

考期近了，希望能准假到台北見到妳！

一九七四年五月廿四日晚，綠島」

「最近來心情舒暢多了，不知是因爲不去想它，還是想通了。我想與一直接到妳的信也有關係吧！

這幾天除了必要公事外，就把自己沉浸在哲學書裡，得到很大的思辨樂趣，只要不去想到是爲考試而去準備的。聽說這裡報名留學考的人還不少，頗擔心過不了海。我最近有個小進步，隨時可以把心收回來，無論此心是放浪之心還是沮喪之心。我想此地的環境對自省與自持有不少的幫助，每當陷入困頓糾結的心境，我反而會鍥而不捨地去面對它，深怕逃避掉什麼重要關節。

由此我體會到袪除外鑠性道德之必要，如人格典型這類自我偉大之精神體面者，純粹依情而行。如此我能接受較多的東西，行爲中也較無虛僞空洞感。我覺得最近來的探索，雖呈現不同的面向，卻可構成一個整體，其中有個圓心在，只不知這圓心爲何。

……

一九七四年五月廿八日凌晨，綠島」

悲情巴士

「先跟妳說個好消息，假已經准了，六天而已。到底哪天走得成，我不敢確定，一則因船期不定，再則連日風雨不停，擔心飛機也開不成。這兩天爲請假事忐忑不安，一心盼望著到台北見著妳。不管妳變得怎樣了，心裡有很多話要跟妳好好談談。老實說我對妳從來沒有像現在這麼釋然過，非只因關山遠隔，也是我內在對自己的要求。

我這一個多禮拜來，無時無刻不在自省著，並且對妳說了很多所謂『誠』與『知性』的話。這種誠純粹是一種心境的體驗，很難加以描述。我反省著，我有什麼權利要求妳該怎麼做？我記得以前同老朋友在一起時，常聽他們說起有權利沒權利什麼的，聽來極不順耳。我在想一個人只要發自內心而爲，有何權利可言？而今我竟問了這個問題，自己也覺詫異。

我能多說的只是，誠即是使自己面對全部眞相，拋棄外界任何觀點與眼光，也拋棄掉自己的任何憧憬，是一種徹底的虛無觀。自甘淡泊在此意義下即是拋棄掉名利之求，不僅是世俗的，而對於精神的或道德的高位也須狠心割掉，這就是最徹底的自甘淡泊。

不逃避任何可設想到的問題即是誠。不假借任何道德或精神的語言來套住自己，不惜放棄任何道德或精神上的優越性，不惜把自己在道德或精神上貶低，此即是誠。鍥而不捨地反省即是誠。整個說，這完全是知性的全然發揮與運用。知性用於自省即是誠，用於世界之認識即是理性。

一九七四年六月九日晚，綠島」

幽靈徵候群

初夏的六月，來到這荒島也不過兩個多月的事，我以參加留學考試為由請假，居然准了。

我在大學最後時日整天忙著，卻沒好好讀本科的哲學書，並沒自信可以以此出國留學，而台大哲學研究所又因二月風暴停止招生。在這種情況下，我自忖身既無一技之長，手又無縛雞之力，入伍竟是個緩衝，又才下部隊，整個情況都尚未搞清楚，實在感到前途茫茫，只想著好歹先當完兵再說。而在台北的宛文卻逕自為我報名留學考試，頗讓我措手不及。但轉頭一想，如能請得成假，這可是回台北的好機會。遂也就匆促準備應試，而心裡最大的企盼卻是台北的會面。准假後的心情是既喜且憂，喜的是即將來臨的台北的重聚，憂的卻是要提前面對茫茫前途的壓力。

再過兩天就要回台灣考試了，這天晚上臨睡前腹部開始感到些微不適，原不以爲意，希望睡個覺就會沒事。到了三更半夜竟然痛醒了，腹部一陣陣的抽痛。心想可能吃壞肚子，於是摸黑起床，蹣跚著繞到營房後面，走到與六隊間隔的小廣場另一端的廁所去，卻也沒拉出什麼來，設法嘔吐，也無任何改善。

我幾次拖著腳步去到廁所，又回到床上。腹部依然犀利地抽痛著，痛得渾身冒汗，頭昏腦脹，似乎腹內有顆怪胎在裡頭興風作浪，要將整個生命攫取而去。既不拉也不吐，不像吃壞肚子。於是我慢慢撫摸尋找疼痛的具體位置，它似乎集中在右下腹，我開始擔心是盲腸炎，於是找尋到盲腸的位置，用力壓它，卻又沒壓到痛處。它似乎又移到左邊，但也找不到痛點。我就如此撐到了天色微明，聽到遠處伙房傳來黎明前待宰豬仔的吼叫。

我再度下床，穿好衣服，扶著肚子一拐一拐地走出隊部區，走到指揮部大樓後面上坡的醫務室。年輕的醫官被我叫醒了，他看到我慘白痛苦的臉色，馬上叫我躺下，聽著我陳述症狀之後，也用手撫摸我的下腹，然後困惑地搖搖頭說「應該不是盲腸炎」。然而他也診斷不出其他原因來，只好開了一些止痛藥，讓我在醫務室裡躺著休息。

隨著天色漸明，我的肚子漸漸平和，疼痛的感覺也漸漸消退。到了接近中午時刻，我元氣稍復，慢慢走回隊部，像是生了場大病，渾身虛脫。

在準備去搭機的隔天早晨，我病體初癒，正走過部隊前的小操場，一名隊員突然趨步過來，壓低聲音笑著臉對我說：

「長官，聽說你要放假回台灣去。」

我吃了一驚，他消息如此靈通，竟知道我請假回台的事。

「你怎麼知道的？」我板著臉反問他。

「可以請你幫我買些ＢＶＤ的內衣褲嗎？」他不回答我的問題，卻直接提出了請求，手掌裡還緊握著一把疊好的鈔票，舉起來向我示意。

我聽了又是一驚，瞪著他看，心想著這傢伙膽子眞大，竟敢與新來長官如此攀交情。

這個長得高䠷結實的年輕人有張來自農村的臉孔，然而除了臉孔之外，身體其他部分卻都十分都會。在盛夏的日子，他穿的短褲不只熨得平平的，比起別的隊員可說又窄又短，緊繃著那翹起的屁股，上身穿的則是一件雪白的緊身短袖ＢＶＤ內衣，把健美結實的曲線表露無遺。這種剛從美國引進生產的名牌內衣，可是當時愛帥男生的最愛。他腳上穿的也不是一般隊員穿的布鞋或球鞋，而是一雙軍用中筒黑皮鞋，擦得又黑又亮。

他那麼愛美，即使淪落到這荒島來，也會仔仔細細地照顧著身上的每一寸。相較於大部分隊員邋遢委靡的樣子，他高䠷的身材、結實又不誇張的肌肉，這樣一種運動員的體格，配上一身光鮮亮麗的打扮，簡直像個隊員的服裝模特兒。他若是個軍人，也定會是長官喜愛的儀表模範。然而這張來自農村的臉雖稱俊美，眼神卻帶著那麼一絲凶煞。

而這名俊美的隊員今天竟膽敢跑來請求我幫他買ＢＶＤ內衣褲。我注意到他的穿著已有一陣子了，對他喜愛把自己打扮得漂亮帥氣並不驚訝，我驚訝的是他竟敢請求一位新來的長官幫他做這件事。我看著他期待的眼神，一時摸不透他的心思。我雖身體虛弱，卻不想表現出遲疑之狀，決意對他們抱著敬而遠之的態度，於是斷然拒絕，然後看著他失望地走開了。

當天我搭小飛機飛回台灣，沒想到又與醫官同一班機。他也是預官，再過一個多月就要退伍。在飛到台東轉搭公路局班車回西岸之前，他叫我先同他到台東的軍醫院去，再做一次較詳細的檢查，也沒能查出什麼問題來。最後他只能含糊地說些「不知是不是身心官能症狀」之類的診斷。此後一整年我在荒島，身體方面倒是風平浪靜。這次回台前亙夜的劇痛彷彿是一場自我的身心試煉，又像是與荒島幽靈的一次交手。

我第一次從荒島的機場搭小飛機飛回台灣，趕到台北，倉促上陣參加留學考試，考得好壞實已難去計較了。

從荒涼的孤島回到熟悉的繁華的台北，其實距離上次離開也才三個月不到，卻有恍如隔世之感，而在荒島所經歷的那綿延的靜寂的震撼竟一時消失在台北的喧譁之中。我們的心思鎖定在這個留學考試所聚焦的前途問題上，我勉強接受這個退伍後立即出國留學的前景，然而對自己的準備卻甚無把握。心裡又想著，我在營裡的職位如今尚未確定，只能期盼不要擔任太繁瑣的職務，而能有時間準備接下來的一連串考試。

下部隊後的第一次重聚讓我依依不捨。然而在離開台北的前夕，我竟聽到了一個令人震驚的傳言——台大即將解聘哲學系包括王曉波、趙天儀等多位老師（陳鼓應已於前一年遭解聘）。由這一年來《新聞天地》與《自由報》等的歪曲報導來看，哲學系的整肅本就在預期之中，只是沒料到規模將如此之大，動作將如此荒謬，也令我悲愴之情洶湧不已，難以平復。在從台北趕車回台東的路上，我遂決然地做了個退伍後立即出國的決定。

荒野計程車

考完留學考試回到綠島的六七月之交，我們這批新來預官開始準備接任即將退伍的上期預官的職務。眼見著周圍的同期預官已經陸續被安排了清楚的職位，我則每天還是分派到越來越多的繁瑣任務，看不出有何職位要接，直到有一天我接到命令——派駐綠島機場擔任特檢官。這顯然是周正的推薦，即將於八月退伍的他，已經從我們隊上調到機場去一個多月了，他當時是去接替一位臨時調回台灣的特檢官。

綠島機場位於荒島的西北端，是個小機場，只能容小飛機起降。機場航空站是棟小屋，配置兩名特檢官，負責進出旅客的安檢。我是去接替周正的位子的，在七月初開始先去機場見習，直到他們在八月初退伍時正式接任。於是不久之後，我就開始有如上班似地一早吃過飯就前往機場，直到一天的班機結束才又回到指揮部。

每天上午吃過早飯，我與一起調到那裡去的三隊預官劉少尉從指揮部出發，用走的大約三四十分鐘。兩個人或者趁著太陽尚未高昇一路趕過去，或者看有何便車可搭。回程也是一樣情況，只是在烈日下經常走得全身汗水淋漓，而便車的選擇就多一點，可以設法搭上往指揮部開的計程車。

原先待在指揮部裡，並沒注意到荒島民間還有一些車子——就是那麼四五輛計程車，他們平常不是聚集在南寮漁港就是在綠島機場這兩個荒島的出入關口，等著載送來探親觀光或回營的乘客。

這四五輛計程車在台灣是通不過檢查、沒人要開的破車。每輛車總有些地方殘缺不全，外表的破損不說，有的缺了門把，一邊打不開；有的窗子缺了玻璃，乘客有時就只好任憑風吹雨打；有些車在荒島崎嶇的馬路上行駛，雖然開不快，整個車身還是會震動得像要解體；大小車燈的問題更不用說了。這樣的車是拿不到行車執照的，而的確也沒有行車執照。

機場見習期間，有次我在大雨中有急事趕回指揮部，匆忙跳上一輛計程車後才發現它沒有雨刷，擋風玻璃被大雨淋得一片模糊，我在情急之下只能硬著頭皮讓他載。在大雨中司機右手掌舵，左手拿塊抹布，身子傾向左前方，幾乎壓到方向盤，以便他拿著抹布的左手能從車窗伸出到擋風玻璃前當雨刷用。他一邊踩著油門，一邊拚命用手抹除雨水，但也只能抹掉一小角落。他就如此一手開車，一手刮雨，而有幾個時刻，雨大到他的手再怎麼快也來不及刷的程度。我一路神經緊繃，他卻是識途老馬，把車安全地開到指揮部。我鬆了一口氣，這時他已經全身濕透了。

這些計程車司機大半不是本地鄉民，與這荒島上不少人一樣，來到這個三不管地帶討生活。在這些破車中，有一輛特別突出，又是由一位女司機駕駛。年輕的阿玉開的計程車不是一般轎車型的，而是一輛小巴士，大約可搭載十個人。它的座位不是前後排列，而已改成左右相對，像老式巴士那樣。這輛小巴士同其他計程車一樣，在台灣也是通不過檢查的。

阿玉的小巴士雖然破舊，但她還是百般設法，讓車子維持在一個派上用場的狀況。她很照顧車子的外在與內裡，雖然白色的烤漆已經灰撲撲地失去光澤，她總是擦拭得乾乾淨淨，而座椅的海綿墊也已處處龜裂，她還是爲它套上洗淨的舊椅套。她這個人也是一樣，雖然瘦巴巴、弱不禁風的樣子，卻總是穿戴整潔。於是在七月份的機場見習期間，我若有機會就會去搭阿玉的便車回指揮部。

悲情小巴士

機場見習的一天上午，我正輪值負責接機，這是上午的最後一班了。小飛機搖搖晃晃地停穩之後，先從飛機上下來神情哀戚的老少一家人，接著又下來了一群興高采烈的年輕人。

這群還在讀中學的年輕男女，一下飛機就嘰嘰喳喳、東張西望，無視於特檢官的存在，顯然是一起來荒島玩的。我還沒來得及進行安檢，航站大門口就來了一輛吉普車，下來的竟是副指揮官。他一進航站就對著這群年輕人說：

「抱歉！抱歉！我來晚了。」

頭髮已經花白的上校副指揮官長得高頭大馬，挺著一個肥肚子，已屆退休之齡，平常待部屬還蠻和顏悅色的。

原來他是來接這群年輕人的。接著我又得知其中一位女生竟是指揮官的女兒，她放了暑假，帶幾個同學來到荒島探望父親，也趁機遊玩。於是讓他們迅速通關，好讓副指揮官接走。這位女嬌客帶著一件大行李，看來要待上不只兩天，副指揮官搶著幫她提這件大行李，一夥人擠上了吉普車。

接著是神情哀戚的另外那家人，從他們的氣質與神情，一看就知道是來探望政治犯的。這家人有老有少涵蓋三代，看來是某位政治犯的妻兒老母，而由那位滿臉神傷的中年女性出面答詢。

然後我聽她說出是去指揮部探望柯旗化，心頭不免一震。才來機場負責安檢不久的日子裡，這可是我第一次見到我所知悉的政治犯的親人來探監。來的這家人，其中一位是頭髮花白的老母，一位即是這位滿臉神傷的妻子，還有兩位看來還在讀國中的未成年子女。

辦完入境登記後，我接著進行飛機的回程作業，檢查完飛往台灣的旅客，並送走了今早的最後這班機。結束後，我急著回指揮部辦事，衝出候機室看有無便車可搭，就看到阿玉的那輛小巴士正升火待發。阿玉從駕駛座上探出頭來喊著：

「特檢官要回指揮部嗎？我正要去那裡，要不要上車？」

我回答一聲「等我」就三步併兩步地衝上車，才發現裡面正坐著柯旗化這家人。他們一家人坐在一邊，我就坐到另一邊，與他們面對面坐著。

我一面同阿玉搭訕，一面探看著神色黯然的這一家人。在往指揮部的路上他們互相一語不發，或許是因爲見到有軍官同車在座。我雖有心問候，卻也只能默然當個旁觀者。到了指揮部大門下車，這家人在門口的警衛室辦理探監登記，我則逕赴指揮部大樓辦事去了。

我在指揮部辦完事，剛走出大樓，沒想到又碰上那幾位興高采烈的少年男女。顯然副指揮官在接機之後，帶著他們先去鄰近景點轉了一圈才回來。他們一群人要住到指揮部的宿舍，部裡的長官們則從副指揮官以降，無不爭著接待這批嬌客，而指揮官的嬌女兒也大方地再次讓上校副指揮官幫她提那件大行李。

這群少年男女天眞浪漫，出現在這肅殺荒謬的營區裡，顯得特別突出。我看著他們走向宿舍的活潑身影，回頭正要離開，卻遠遠看到柯旗化一家人還等在指揮部大門口。

這天下午，柯旗化這家人從指揮部探親結束，再次坐阿玉的小巴士回到機場，等待搭機飛回台灣。探視過監中的親人，一家人神情似乎不再那般黯然，然而他的妻子紅紅的眼眶裡卻還是噙著淚水。

柯旗化十多年來沒有精神崩潰，又被送到新生隊來，卻不知出獄何期，可謂茫茫然不知所終。在這種情況下，看來他的家人可眞給了他不小的精神支持。想到這個，我稍感安慰地目送他們一家人飛回台灣。

而那群少年男女在幾天之內就把這荒島玩遍，回台灣去了，指揮官女兒卻留下來一段日子。原來指揮官仰慕柯旗化之名，特定要他來幫這嬌女兒補習英文。這些日子，柯旗化就天天來到指揮部幹起他的本行，雖然就只有這麼一個學生。

這幾天，我在吃過早飯還沒去機場之前，無事坐在隊部前面時，就會看到柯旗化一個人往指揮部的方向走去，看來神情舒暢不少。

「昨天中午趕車子到高雄，發覺南迴公路坍方已經一天多了，而且昨天中午才恢復通車，不禁鬆了口氣，心想逾假一天已是必然之事了。來到台東，船明天才開，我又在此休息了一天。……

一九七四年六月廿日上午，台東」

「今天浪太大，船又開不成了，明天可能還是一樣，我只好待在台東。在這裡一個人自由自在地回想著這幾天相處的快樂時光，卻不免於恐懼著這種沉湎會只是樂昏頭。

我會有這種狀況還是因爲我對整個處境不能全然了悟之故，對妳的、我的、我們的處境。我提過，這次過海的目的之一是誠心地去了解妳，無奈時日苦短，只希望妳能在信上將妳的自省寫下，任何行爲不會只是 randomly selected，總是內心有個觀點、欲求或期待在。『困於心，橫於慮，而後作』這句話很可體會一番。

存在主義者所言存在先於本質，因而一個人要得自由，須捨棄掉任何本質，回歸到一個純粹的存在。這裡所謂本質即是任何的典型，道德的、個性的、神聖的與世俗的，即是預先將自己界定好了的幻象。而這一個純粹的存在即是依誠而行的自己。這些只是臨時想到的比喻，不管如何，『困心橫慮』是必要的。

我又在訓人了，想來眞慚愧，自己是這麼一副落魄樣！

一九七四年六月廿一日晚，台東」

「回到綠島了，回來後發現積存的來信有金容沃、阿腳、史朗等人的，這些傢伙都是久無音訊了，尤其接到金的來信更令我高興。他台大哲學研究所剛畢業，即將於月底回韓國去，然後九月到日本東京大學攻讀博士學位。他信上勸我說：『在沒有理想的痛苦裡，學一學孤獨。孤獨裡，再找尋自己的理想。』這與我近來的想法是相通的，孤獨是一種徹底的眞誠，自甘淡泊，滌去幻象。妳說呢？

一九七四年六月廿四日晚，綠島」

INK PUBLISHING

讀者服務卡

您買的書是：____________________________

生日：______年______月______日

學歷：□國中　□高中　□大專　□研究所（含以上）

職業：□軍　□公　□教育　□商　□農

□服務業　□自由業　□學生　□家管

□製造業　□銷售員　□資訊業　□大眾傳播

□醫藥業　□交通業　□貿易業　□其他__________

購買的日期：______年______月______日

購書地點：□書店　□書展　□書報攤　□郵購　□直銷　□贈閱　□其他

您從那裡得知本書：□書店　□報紙　□雜誌　□網路　□親友介紹

□DM傳單　□廣播　□電視　□其他

您對本書的評價：(請填代號 1.非常滿意 2.滿意 3.普通 4.不滿意 5.非常不滿意)

內容______　封面設計______　版面設計______

讀完本書後您覺得：

1.□非常喜歡　2.□喜歡　3.□普通　4.□不喜歡　5.□非常不喜歡

您對於本書建議：

感謝您的惠顧，為了提供更好的服務，請填妥各欄資料，將讀者服務卡直接寄回或傳真本社，我們將隨時提供最新的出版、活動等相關訊息。

讀者服務專線：(02) 2228-1626　讀者傳真專線：(02) 2228-1598

廣	告	回	信		
台	灣	北	區	郵	政
管	理	局	登	記	證
北台字第15949號					

235-62
台北縣中和市中正路800號13樓之3

印刻出版有限公司　收

讀者服務部

姓名：________________　性別：□男　□女

郵遞區號：__________

地址：________________________________

電話：（日）______________（夜）______________

傳真：________________

e-mail：________________________________

INK

嗚咽的豎笛

「這幾天來一直在猜著，回到綠島後接到妳的第一封信會寫些什麼？心裡想著台北那幾天的相處到底給了妳些什麼？

終於在今天接到妳的信了，我就是抱著這樣的心情拆信、讀信的。第一段就連讀了兩次，再往下，整封信也連讀了好幾次，好久沒有這種甜蜜的感覺了。我的心境妳當可從我的前七封信中一目了然，這次回到這裡之後，存在我心上的卻難得有台北相處之歡。不過也是不憂不懼的，因爲只是要解決自己的一個問題而困思著。我眞想不起我現過什麼笑容、露過什麼眼神、凝過什麼注視，而接到妳的信後，我也開始設法回憶那幾天相處的情景來咀嚼一番了。

……

一九七四年六月廿七日傍晚，綠島」

「……

這幾天做了幾個夢，都與妳有關。第一個夢，我在外地得知妳已去到我家，還有老錢他們，而我卻有很多瑣事纏身，以致回不了家。第二個夢，我要參加什麼考試，卻一直因什麼事耽擱著，沒能去到考場，結果接到妳的電話，妳不滿地說已經在考場等了我一個上午了。第三個夢，好像在營區，妳突然出現在我房間裡，而外頭卻發生了與我有所牽扯的什麼事。這些夢醒來之後總是感到淡淡的哀愁。

今天收到妳的第二封信，妳從沒寫過這麼多的，已不知讀過幾遍了。我沒想到那幾天的相處與這幾天給妳的信，會對妳有這麼大的意義。我很高興，能以此爲足，我還貪求什麼呢？……

一九七四年七月一日晚，綠島」

荒島進行曲

仲夏的七月，老預官開始等著退伍了，而我們這批新預官來到綠島已經三個多月，也都確定將要接任什麼新職。從新來乍到的震撼到逐漸適應，甚至感覺煩躁與荒謬起來，並不是一段令人愉快的日子。但如今我開始到機場見習之後，卻較能放下心來，並慢慢地琢磨起這些日子的點點滴滴了。

每天清晨還沒吃早飯的時刻，我竟會期待著營區的一個儀式。這時從我們營房背後，新生隊旁邊的房舍那頭，會由遠而近傳來一陣敲打吹奏。剛開始總令人覺得是一陣破鑼般的噪音，然後聲音漸漸清楚，終於隱約可以聽出是條進行曲，雖然不太成調。

這是管訓隊員組成的管樂隊，就只五六個人，歸我們五隊管。領頭的是一位長得眉清目秀的年輕小夥子，昂頭挺胸吹著一支小喇叭。接著幾支土巴與伸縮喇叭，再跟著一個高個兒的打著大鼓，小帽子在他的大頭上顯得特別滑稽。最後還有一位乾癟黑瘦的小子吹著一根豎笛，老是低頭吹奏，拖著步子跟在後頭，而豎笛的聲音也老被那些破鑼般的喇叭聲所掩蓋。

這個指揮部的「管樂隊」每天早上負責前往指揮部大樓前的升旗台，爲升旗典禮奏樂。晚餐前，又再次敲敲打打地去把國旗降下來。

他們一樣要隨隊出工，沒太多時間練習，樂器也夠老舊，主要也就是那麼幾把喇叭，因此吹奏出來的往往噪音多於樂音，合奏起來就更不成曲調了。他們身上穿著的是一般的隊員制服，也就是一身灰撲撲的老舊衣服，再戴上一頂皺巴巴的小帽子。排起隊來有如殘兵敗將，吹奏著樂器列隊行進就更令人發噱。不過這卻無損於他們各個煞有介事，吹奏著不成調的進行曲，步伐凌亂地向指揮部前進。

每日晨昏，他們從營區最裡頭出發，一路吹吹打打，經過各個隊部，直到指揮部大樓前的升旗台。升降旗典禮完畢後，他們又是一陣吹打地走回來。聽久了之後，也不再感到那般吵雜，反而覺得他們吹奏出陣陣的荒謬與蒼涼。

於是每天早晚餐前，看著他們有如一組小丑樂隊，在營區裡鏗鏗鏘鏘地亂吵一陣，也算是幾個月來我一天之始與之終的一項消遣。

這支樂隊帶頭的是一位年輕隊員，在他的年輕的面孔上有雙漂亮的眼睛，也有隻機靈的嘴角。他是樂隊隊長，吹一支小喇叭，沒事會在樂器房裡輕吹著爵士風的小曲兒。他也多才多藝，隊員的遊藝活動就由他包辦，他竟辦出一場話劇來。他英文也不錯，老是戲稱其中一位叫王德富的演員「Wonderful」。有一次我來到樂器房，看到他與人在下圍棋，我表現出很大的興趣。此後他每碰到我就說：「長官，要不要來下盤棋？」

他這麼多才多藝，如何竟到這裡來？沒錯，他出身陸軍官校正科班，不過沒讀完就遭開除了。此後一路下來，如今竟是接受管訓處分的慣竊。而我有時就會在那張有著美麗眼睛與聰明嘴角的臉上，看到深邃似海的憂鬱。

雲林來的小子

在這個小樂隊的行進中，我屢屢注意到老是落後半步，低頭吹奏豎笛的那個隊員。他叫蕭繼堂，長得黝黑乾瘦，個子又小，大約二十出頭年紀。

我初見到蕭繼堂時，就驚訝於他那雙無助又無奈的神情，在隊裡一片狡獪的眼光中，顯得極爲特殊。他總是帶著靦腆的笑容，很有禮貌地與長官應對，好像還是學生尊敬老師的模樣。他幼嫩的容顏與發育不很完全的身軀，看來確實像個中學生，而他那無助的眼神卻也像在呼喚著長官的哀憐。我直覺以爲這大概是這些隊員們在此存活的一種樣態吧。

他吹的那種長得黑黑細細渾名「黑管」的豎笛，帶有田園風的樂音，經常在西方古典樂曲裡獨樹一格，並不容易吹奏。而他這黑瘦小子卻蠻喜歡這種樂器，總是很專注地吹奏，一副自得其樂的樣子，而又老是落後隊伍半步。

蕭繼堂來自雲林縣靠海的窮鄉——麥寮。那幾年隨著台灣的加速工業化，台灣的農村也急速凋敝，農村的青年男女開始大量向都會區移民，留下老弱婦孺。而雲林縣的幾個靠海的台西、麥寮、崙背等貧瘠地帶，處境更是慘澹。當時就流行過一種「男的賣拳頭，女的賣肉體」的誇張說法，來形容從那裡來到都市討生活的年輕人。這時確有不少凶狠剽悍的黑道大哥就來自那地帶，在荒島的司法部重刑犯監獄裡，就關著一位威震江湖的林清標。而麥寮人蕭繼堂也在這個浪潮中跟著淪落。

他還在讀初中時就淪爲小偷了，幾年後終於失風被逮，初次入獄。出獄後他幡然悔悟，想回學校讀書，積極地自己念起書來，但過了不久又被抓了去。警方一口咬定他又偷了東西，對他用刑，逼他承認，要他吃下與他不相干的一堆竊案，讓他憤恨不已。

他被關在看守所裡待審，灰心至極。在如此有冤難伸，氣憤難平的情況下，有一天他竟在平日塗塗寫寫的紙上，隨意寫出一些斥罵官府的言詞，發洩出對關他的人的深深憤恨。然而他在文字上的發洩卻躲不過看守者的眼睛，他因而罪加一等，再加上一條「散播反動言論」

罪名，竟因此又成了政治犯！

最後判決下來，蕭繼堂除了因竊盜罪被判兩年半，又因是屢犯再加一期五年的管訓處分外，還被判了一個十二年的政治牢獄。加起來總共將近二十年的刑期。二十年的刑期，對這麼一個正想重新起步的年輕人，眞是超生無門。

無助的眼神

我來到這裡時，蕭繼堂正處於這遙遙刑期的第一階段，五年管訓期。我初次看到他，就被他無助的眼神所攝。又看到他是一身孱弱，營養不良的樣子，在這管訓隊弱肉強食的叢林裡，像是隻無助的小獸。他的存在令人納悶。

曾有一天，從關著的營房裡傳出來一陣喧譁碰撞的聲音，可以聽出又有隊員打架鬧事了。值星的分隊長從門上的小窗口察看一下，開門進去帶出兩個還糾纏在一起的隊員。其中一個把另一個的頭夾在他的胳臂彎裡，那個頭被夾著的正奮力想擺脫，兩個人如此拉扯著被帶出營房。值星官喝令他們鬆手之後，才發現那個佔優勢的是個大個子，而另一個竟是瘦小的蕭繼堂。

隊上的幹部圍繞在他們周圍，值星官一面斥罵，一面思索著如何懲處，幹部們則圍在四周跟著喝斥。蕭繼堂在這場衝突中居於劣勢，他的身材也不會給人有打贏架的聯想，很顯然他是受欺負的一方。他這時仍氣喘吁吁，黝黑的臉孔透著絲絲慘白，而原本無助的眼神則更成了絕望的深淵。

負責蕭繼堂那分隊輔導工作的隊裡幹事就是皮鞋，他對蕭充滿同情。在隊裡邊，我是較能與他溝通，同享這類感受的，他經常跟我說起這個雲林小子的來歷與總總。

我搬來與皮鞋同房這段期間，皮鞋拿來這雲林小子的資料，向我展示這小子寫的東西，竟是筆跡秀麗，言辭流暢，文字優美而充滿感情，不像是一個失學淪落的人所能寫出的。我們同爲他的扭曲命運唏噓不已。

有一天，皮鞋又給我看一封來信，收信人正是蕭繼堂。我打開信紙，裡邊掉出一張照片，是一位年輕女孩的肖像。我先納悶著這雲林小子竟然還有女朋友，展讀一看，才知是他妹妹的來信。

這幾年來，蕭繼堂並未與他家裡通信，顯然灰心已極，希望他家人當他已經不在人間了。因此他家人並不知道這幾年他被關在哪裡，更不知道他背負著這麼長的刑期。

望你早歸

蕭繼堂的妹妹以淺白清楚的文字，在信上陳述著這幾年到處打聽兄長下落之苦，最後終於得知他正在這荒島的管訓隊裡，因此寫了信來探問。他妹妹訴說著失聯幾年的思念，報告家裡的近況，並說已經來到台北當女工。這封信正是寄自台北。她還附上近照，讓哥哥不要忘了長大了的妹妹的模樣。妹妹並不知道他還有著漫長的牢獄之災，最後期待接到他的回信，並祝福他早日歸來。

讀著此信，一股莫名的悲哀籠罩了我，幾乎不能卒讀。我端詳著這張照片上的年輕女孩，她有著一個還不完全脫掉稚氣的容顏。而她的文字雖然淺白，卻洋溢著對這位淪落兄長的深重感情，讀之令人萬分不忍。

我讀完之後，悵然無語。十分男子氣概的皮鞋竟也無言以對良久，眼眶似乎噙著淚水。

「這是他在這裡收到的第一封信，」皮鞋終於開口說話了。「本來是應該趕快拿給他的，讓他高興一下。」

「唉！」他嘆了一口氣接著說：「我眞不知道怎麼把這封信交給他？」

他看著我，似乎期待著我會有什麼好辦法。我只能回答說：

「你要好好安慰他，小心觀察他的情況吧！」

隔天皮鞋終於將心一橫，把蕭繼堂叫來。他還以爲是要來當什麼差，帶著微笑，靦腆恭謹地來到。

「報告長官，有什麼吩咐？」

「你有一封信。」皮鞋尷尬而無奈地把那封信交給他，留心著他的反應。

蕭繼堂有些吃驚地接了信，一看到信封上的字跡，他就先收起了笑容，緊張地把信打開。

「你坐下來慢慢讀吧！」皮鞋示意他坐到床沿上。

他遂拘謹地坐上皮鞋的床沿，先是拿著他妹妹的照片端詳，接著兩手顫抖捧著來信，目不轉睛地讀著。收起笑容的臉剎時變得黯淡下來，而眼淚已經不聽使喚汨如泉湧。他先是緊抿著嘴啜泣著，讀完信後就控制不了痛哭出聲，最後整個人趴在皮鞋疊好的棉被上，悶著臉大哭起來。

皮鞋讓他哭了一陣，伸手輕拍著他的肩膀，好言安慰。

蕭繼堂是遲早要面對他家人的，而他們也遲早會知道他的遭遇。雖然對此遙遙刑期他還不知如何向家人啓齒，但接到的畢竟是探問的家書，還是讓他欣慰不已。

雖然他的青春已是如此葬送，他的存活之氣卻還沒被剝奪殆盡。正像他不甘願被欺負而膽敢向那大個子隊員反抗那樣，他身上還有一股氣在。

之後的日子，他依舊每天早晚低頭專注地吹著嗚咽的黑管，跟著樂隊參加升降旗典禮，而瘦小的身軀也依然總是落後隊伍半步。

「……」

老實說，我是不免於從妳的眼光來肯定自己的，別人的眼光我都可奮力正視，但妳的對我卻是意義重大。這是我的自覺，而與我想建立的信念——不求外在的肯定，大相抵觸。……

妳覺不覺得我們的行爲都必須預設許多事實／眞相，而我所謂的幻象即在於此。人們常以許多錯誤的預設而行爲，當這些預設一經改變，連帶著也改變了產生某行爲或企圖的動機了。現代社會眞是太複雜了，幾乎所有的行爲都意涵著太多的事實預設，單純的動機已不可得。現代社會的虛幻性由此產生。

所以我幾個月來一直糾纏的眞相／幻象，如今可以較清楚了。因爲一直來我都感到我對世界眞相的很多認識，居然有著極大的力量在制約我的心理狀態、我的行爲模式。

而我所言及的誠，即是把一件行爲或一個動機它的事實預設一個個挖出來檢討，也就是把一件行爲一層層剝去外皮，剩下的即是動機核心。讓自己去面對這核心。

其實我想說的是，當我們將眞相看得更清楚時，我們的感情也將更堅實穩定，那是能長出豐碩果實的核心。我現在建立了這麼個信念，我不求任何外在的價值肯定、任何大師、任何主義，任何意識型態對我都非所求。妳不覺得我們過去都在追尋著外在的模式、價值去依附，找著外在的籠子去躲在裡面，想以此來解消自己內在的不安與空虛，以爲如此即可安身立命，所以會有過去幾年來的挫折。

一個人只能肯定他所能肯定的，他必須忍受只有他一個人在做此肯定而已的情況，這也即是孤獨。一個人必須忍受只有他一個人不去肯定的情況，此即是誠，即是正視他人的眼光，面對自己，面對別人。只有當我不敢面對自己時，當我不能眞誠時，我才會憂懼別人的眼光，尋求別人的評價與肯定。

……

一九七四年七月廿一日晚，綠島」

仲夏荒謬劇場

「……

我是頗迷信著我對世界的特殊意義的。一直來我會一邊耽溺於此，一邊悔恨慚愧。但我現已不欲陷此困境，當發現如此時，會努力克制不去引以爲恥，而是去接受、分析這個問題，並努力去除，不讓它在我的行爲決定中佔有地位。我自覺改掉許多了。

近來我也在思索著人的成長，我覺得在典型上有兩個面向，或說兩個層次。其一是不穩定的、感情無所依歸的、對世界眞相無所認定的、being-in-itself的懵懂狀態。其二是自我意識萌芽的、具有內在不安的、知性開始發展的、being-for-itself的。這是脫離渾沌的、心靈充滿掙扎的、並開始對世界之眞相能眞正有所認定的。很多啓蒙了的人都具有這兩面性，或應說兩層次性，因後者是後來才發展出來的，而且由此而漸脫離懵懂。

懵懂狀態對世界之眞相是無所認定的、漂浮的，對人類處境毫無把握，未能進入知性的領域，沒發展出自我意識，因此是自我中心的，不知也無能去付出與承諾。這是人成長中的一個階段，懵懂中沒有內在掙扎、無所不爲、想不出有什麼錯。當然懵懂是單純的，會單純地感動，單純地接受，也會去攀附某個價值體系，縱然對眞相毫無所覺。

一個成長中的人會殘存著這一面，但也舉步脫離這一面，開始有了自我意識的不安，從自我滿足進入自我否定，悔恨與挫折常在，情感的把握也漂浮不定，這雙層次同時存在的衝突會是不斷。我們當可從所活過的體驗到太多這種處境了，這些都是知性的萌芽，先由自身處境的不安開始，關切的只是自身的難題。在此階段問題常是不得解的，因爲人是活在人群中，必須透過對整個人類眞相之理解才能有自身問題解決之可能，因此知性的發展即由處理個人問題進入處理眾人問題，進而解決個人問題。一個人不能只逗留在從自身眼光處理個人問題的階段。

禪宗老話：我三十年前見山是山、見水是水，而後見山不是山、見水不是水，如今見山又是山、見水又是水。這句話近來竟讓我深刻體會。

……

一九七四年七月廿三日晚，綠島」

「確實如妳所言，我留考未過可歸咎於任性，考前那段日子的任性，考時的任性。這種脾性可說是一種內在的心態，至今尚存，而我也深知其脈絡。當然表現出來的就是『台大哲學系』的『男生』之某個典型。

凡是一件事，若非出自於本心之樂趣，就必須尋找出它的目的與意義來。留學這件事對我本就非具樂趣之事，就必得賦之以意義與目的。但我以前是拒絕去面對，也就不會費心去找出其意義了。如是這樣，所以我說是自我中心，不僅懼於面對自己，也懼於付出，這兩者是交織的。總括一句話：我不願或不甘於降低自己的身分，這身分是個建構起來的堡壘，充滿迷霧的堡壘。我之前常提自甘淡泊，其意也即在此，甘於內心裡降低自己的身分，自我貶抑。

近來我發覺我太抑鬱了，這也是有個癥結，有個幻象在的。這是很敗事的，就像留考鎩羽所表現出的。當然這種情況並非說改即可改的，如我提過的，不能經由外鑠之價值來改造自己，而必須基於內心中對世界之認定，對自己角色之認定，改造才有可能。

……

一九七四年七月廿七日晚，綠島」

夏日酷刑

一九七四年七月底，我繼續每天到機場見習，而留在指揮部第五中隊的日子已經屈指可數了。

這天下午從機場一回來，我就來到第六中隊。在熾烈的太陽下，六隊小廣場上的沙子都已曬得冒煙了。我是來看站在廣場沙地上的一位新生，他周圍劃出一道小圓圈，明白地宣告這道圓圈是他的活動範圍，不得越此雷池一步。很清楚他正在接受懲罰，幾天來幾乎整個指揮部都被他一個人搞得人仰馬翻，連機場也不能倖免，而這懲罰正是他為此所付出的代價。

這是個晴空萬里的荒島夏日，火辣的日頭毫無節制地射向他。原來站著的他已慢慢彎了膝蓋跪了下來，甚至跌坐在沙地上。雖然曬得熱騰騰的沙子讓穿著短褲的他覺得跪也不是，坐也不是，畢竟還是比站著舒服些。但他那個光頭直頂著烈陽，曬得都要七竅生煙了，讓他感到昏眩難過。他的帽子也不知丟到哪裡去了。

他脫下鞋子，擱在頭頂上遮陽。然後又開始用手掏沙子，他撥開表層的熱沙，向地裡挖出較涼的沙土，掏出來撒在頭頂上。沙土順著光頭滑過臉頰，滑到身子，再掉到地上。他就再挖出一把撒在頭頂，如此反復著。間或他又會拿起那隻脫掉的鞋子來遮陽。最後這些從頭頂滑下的沙土與身上的汗水混成團團塊塊，讓他似乎披上了滿身的迷彩。而他的臉已經難受得扭曲成一團，從勉強睜著的眼睛，露出著苦苦求憐的餘光，不時向旁觀的幹部討水喝。

他犯了嚴重的違紀事件，正在接受「烤刑」的懲處，被擺在那裡已經數天了。他叫邱長豐，雖是位新生，但從他的長相氣質卻難以看出他會是個政治犯思想犯。當他覺得穩當無事時，那股癟三之氣就流露而出，眼睛無處不在搜尋著如何可佔些便宜。而在受苦受難時，他又是那麼一副哀號無告的哀民模樣，似乎可以拿出身上所有來換取救贖。

人間煉獄

邱長豐來自一個慣竊家庭，從小跟著父親到處流轉，沒受過什麼教育，幾乎目不識丁。平日就配合著父親的出擊進行後勤搭配，長大後也開始接受任務擔任前哨作業起來了。

有一次他失風了，被抓到警察局去。在刑求之下，他不得不供出背後指揮一切的父親。他父親大怒，不僅不去保他，關進監獄後也不去看他。

生性孱弱易欺的他，在監獄受著各種苦刑與壓迫。有來自獄吏的，而更多是來自同牢的，監獄成了他的人間地獄。然而有個機緣讓他想開始識字，當然又是遭來一番恥笑與作弄，這個小竊賊還想往上爬呢？他只好多方討好來換取同牢的同情，於是開始有人教他寫些簡單的字，他也就如此漸漸又得意起來了。

然而一個癟三能夠怎麼得意？一個生性與長相都要遭來欺凌的人，又是在監獄叢林裡，他能夠得意到哪裡去？有人開始教他寫些渾話，要他讀出來，以引發同牢們一番哄堂大笑，以此取樂。甚至有人將他所寫的胡言亂語偷拿給獄吏，而讓他遭來一頓懲處。

但邱長豐倒也渾渾噩噩地自甘自受，覺得能夠寫字就夠他滿足得意了。而隨著這番惡作劇的荒謬性漸次升高，終於有一天有人教他寫了五個字。那些字的發音對他而言似有所感，也不甚明白其意，但他也樂在其中地照著寫了這麼五個字：「毛澤東萬歲」。

作弄他的人可是不能放過這良機的，他寫的這張紙被層層上繳到獄方高層。這事可非同小可，不是拉出來痛打一頓可以了結的。這白紙黑字讓他百口莫辯，五個字清清楚楚構成了他的叛亂鐵證，連獄方想幫他開脫都找不到理由。監獄將這物證送交國安單位來處理。

國安單位經過一番審訊，顯然也發現了邱長豐只是個沒有「政治思想」的小賊，然而也不能不辦，最後把他送到荒島的新生隊來「感化」。

捉摸不定的幸福

從台灣的監獄轉到這荒島的新生隊來，對邱長豐可是個解放。這裡的日子比監獄的舒服安逸多了，沒什麼勞役，三餐吃得飽飽，而更重要的是他的新生同牢斯文良善多了。他想識字，可是來對了地方，而且隊部的長官是以對待新生的態度來對待他的。總之他不再像在台灣的監獄那樣是個孱弱無助、受盡欺凌的可憐蟲。

他沒想到人世間竟然還有這樣的好地方，雖然沒能娶妻生子，但想起不用在慣竊父親的淫威下蠅營狗苟，不用在監獄同囚的作弄欺凌下苟延殘喘，他也覺得可以滿足了。隊部的長官比起監獄的警察容易應付太多了，每天早睡早起，三餐定時，也不用去特別討好賄賂長官。這或許是他有生以來最幸福的日子。

於是他又開始得意起來，瘋三的個性又按捺不住了。他開始會因小事而跟別的新生鬥嘴爭執，甚至鬧事，也因此老是挨整，被打屁股。但比起台灣的監獄，這些對他其實不算什麼，已經是過日子的一部分，他其實還漸漸感覺到這裡像個大家庭了。

而他不僅從這些新生學習識字，也耳濡目染開始學到一些政治觀念，隱約了解到令他關到這裡來的那五個字背後的意義。他也從新生們的吵嘴中模模糊糊感覺到不同政治立場的存在。原先目不識丁，沒能說幾句國語的他，慢慢地也去依附上一種政治立場。他開始學會說些「都是那些外省人如何如何了」的話。而這又引發了他與一些新生們的齟齬爭鬧，甚至因而受懲。

這樣的日子實在不賴！然而隨著日子逐漸過去，在新生隊所剩的刑期逐漸縮短，邱長豐心中的一塊陰影卻也逐漸擴大。過去在台灣監獄的那段慘澹的日子，想起來就令他不寒而慄，因為他還沒服完在台灣的刑期呢！這裡的舒服日子過完後，他可是還要回去那個台灣的人間煉獄，繼續服完那似乎是無盡的苦刑！這個陰影隨著日子的飄逝，期滿結訓日子的一日日逼近，而逐漸擴大到佔滿了他的整個思維。

他開始恐慌，也開始焦躁地與同牢爭鬧衝突。然後他想到進一步的鬧事可能可以讓他考核不過，而被留下來繼續「感化」。他很得意自己能想到這招，也開始搞出各種鬧事的名堂來。然而長官也摸著了他的這個心理狀態，在一陣懲處之後也同他講白了，他這樣做是沒有用的，只會徒然招來皮肉之痛罷了。

於是他想到了另一招，以自殺來要脅。他用刮鬍刀片割腕，一次又一次把自己割得血淋淋的，但傷口經過包紮後也都沒事。他有條苟活的命，像條街狗。原想以死相逼，以爲可以換取長官的同情，然而長官們也不爲所動，知道他死不了，不過卻不能讓他這樣胡鬧下去，只好沒收了他所有的小刀片。

然而一位經常同他鬥嘴爭鬧的老新生，卻會偷偷把小刀片放在他看得到的地方。他發現之後，又會拿來再表演一次，把自己割得血淋淋的。

爲了懲罰邱長豐，隊部將他上了腳鐐，讓他不良於行，而且走到哪裡都會叮噹叮噹預告他的來臨。這一陣子他眞是消沉得灰頭土臉，連作怪搗蛋的天性也不知消失到哪裡去了，甚至也懶得到處走動，竟日縮在一處，也省得拖著腳鐐行走的累贅。而長官們也開始鬆了口氣，以爲他已經接受了結訓離營的命運。

最後一場演出

經過一陣蟄伏，邱長豐又開始動起腦筋。他想到了最後一招——逃亡。他當然不是眞的想逃掉，他當然沒法泅過茫茫大海回到台灣，安排外邊的人來接應渡海的想法更是會讓大家笑破肚皮。他只能想到，逃亡之舉將會引來長官們的震怒，而且震怒到要把他留下來繼續關著、不讓結訓的地步。於是他找到一個不算難的機會，拖著腳鐐溜掉了。

長官們果然震怒了，走掉一個人可是要全指揮部動員起來將他找回來的，港口機場也都要警戒起來。雖然大家知道他又再玩把戲了，不是眞的逃走，而只是想再一次製造事端，以便能夠留下來不要結訓。然而要動員起來把他找回來可是件麻煩事，先是判定帶著腳鐐應該不會走太遠，於是在營區周圍內外仔細地搜查了幾番，竟沒發現。第二天開始，搜查範圍漸次擴大，山麓所有可能的隱蔽處，附近所有的民居，最後搜上了山。兩天之後還是不見這傢伙的蛛絲馬跡，這個癟角色竟然還眞會躲呢！不過開始有人擔心起他會不會眞的採取了眞正的最後手段，眞的投海自殺了，因此指揮部也開始在海邊搜尋有無漂流物。他這次眞的把大家整得人仰馬翻了，尤其是負責搜尋的主力六隊的幹部，可眞把他恨得牙癢癢的。

精疲力竭的幹部們分批輪流上山搜查，直到第三天下午還是遍尋不獲。這時第四中隊隊長剛從台灣休假回來，聽完了情況的彙報之後就說：「我知道他躲在哪裡！」接著也沒休息就帶著幾個隨從，拿著手電筒木棍等往山上去了。

一向十分機靈的這位中隊長顯然摸透了邱長豐的心理底層，知道他會去躲在哪裡。他其實躲得並不遠，帶著腳鐐畢竟難以走遠的。他也沒眞的要逃掉，無須走得太遠難以回來。他的目的無非是製造一個逃走的罪名，以便結訓不成。這位隊長在荒島待上多年了，幾乎把整個荒島踏遍，尤其知道一些一般人不會留意的隱蔽處，上了山之後就先集中在幾個點搜尋，憑著多年在山上的經驗，在搜過幾處地點而天色都暗了下來之後，就眞的找到他了。

他躲在上山後不太遠的一個隱蔽的小山崖邊，那裡可以望見大海。他這幾天就躲在那裡，喝著帶在身上僅有的水壺，癡癡地望著大海。開始時他有點得意這次計謀可以得逞了，兩天之後他卻已經餓得開始擔心長官們怎麼還沒找上來。有幾次他聽到有人在附近山崖上走動，顯然是搜尋的隊伍，但他們就是沒探身下來。

這天入夜之後，他想著搜尋隊伍已經收工，自己也餓得昏昏欲睡，就等著明天再說吧。不料又傳來了腳步聲，腳步踏在草叢上的窸窣聲越來越近，逼近山崖邊，讓他猛醒過來。然後突然一柱手電筒的強烈光芒直射在他身上，亮得讓他睜不開眼睛，接著傳來熟悉的四隊隊長的聲音：「我操他媽的，就在這裡！你給我出來！」旁邊也響起隨從們興奮的吆喝聲「出來！出來！」「他媽的！給我出來！操！」此起彼落。他被幾柱手電筒的強光照得睜不開眼睛，想著可以回家了，遂疲憊地摸著崖壁爬了上來。他被來人狠狠地從頭上推了幾把，才發現自己蹲在那個小山凹幾天，竟然讓他疲累地幾乎站不起來。身邊轟轟然響著各種咒罵聲，偶然從背後來幾下推迫，他就這樣昏頭昏腦地跟著四隊隊長的人馬，踉踉蹌蹌地下了山。

太陽兀自照耀著

入夜之後，營區本就一片死寂。六隊的幹部十分洩氣，正一面思索明天的搜山範圍，一面盤算著抓回邱長豐之後要如何來修理一番。這時從流麻溝的後門傳來了歡呼聲，四隊隊長一幫人馬帶著逃犯「凱旋而歸」，或者應該說把他拖著回來了。他幾天沒吃東西，已經餓得昏頭轉向，手腳發軟，帶著腳鐐一顛一拐地被拖回來。得意洋洋的四隊隊長親手把他交給灰頭土臉的六隊隊長。

六隊的長官們把邱長豐帶回隊部，眼看著已經十分虛弱的他，並不想馬上對他進行懲處，還是先讓他吃了飯、睡個覺，隔天再說。對於如何懲處他，六隊的長官們心裡是很矛盾的。這個「新生」本就不該屬於這裡，來到這裡只是徒然增加管理上的困擾。而且他又特別「脫線」，經常讓人既好氣又好笑。這次他爲了要能免於回到台灣的監獄受苦，千方百計地製造事端，企圖能留在隊裡，永遠不要結訓。雖然因此爲長官們惹來很多麻煩，卻也難免引起一些同情。在這種心理下，長官們也知道嚴懲他其實是沒用的，唯今之計只能期望他能平平安安結訓，將這個麻煩人物送走。

六隊幹部不想嚴懲他，譬如說關禁閉。但也不想打他幾個大板，不想在他結訓時後腿上還留著尚未痊癒的傷痕。但又不能不懲處他，最後想出一個「烤刑」，一個可以不留痕跡的刑罰，而這幾天又是無風無雨，正是好時機。

邱長豐這條韌命經過一夜的吃睡竟也恢復得很快，趕在長官們氣頭未消之前，又是活龍一條了。隔天下午，他被帶到隊部中庭的沙地上，光著上身，拖著腳鐐，沒戴帽子。一個分隊長在他周圍的沙地上畫出個小圓圈，勒令他不得越出此雷池半步，也不給水喝。

沒多久，荒島夏日惡毒的太陽就把他曬得汗水淋漓口乾舌焦。再沒多久，他感覺到光著的頭皮像是要烤焦了似的，讓他昏昏然跌坐下來。於是開始了脫鞋挖沙遮陽的一連串既滑稽又令人不忍的動作。偶而會來些隊上幹部，站在旁邊看著他取樂。他哀求著給水喝，只能招來一陣訕笑。

他每天一早就被帶到沙場的圓圈內受刑，直到太陽下山，才回隊吃飯睡覺。這些天來，荒島的太陽特別毒辣，天無雲，地無風。人站在太陽下沒多久都會難以忍受，營區的幹部大半躲到房裡，或待在樹蔭下。而他被罰著天天受著太陽的烤刑。如此一連幾天之後，才終於起風。而這時隊上的幹部也覺得罰夠了，終於讓他歸隊，這時他已被曬得更瘦更黑，像個泥炭似的。

後來到了秋天，我聽王舜傑講起，隊上的幹部很高興地辦理了邱長豐的結訓，把他送回原來關他的台灣監獄去了。

「……

我前信提到我整個人太抑鬱，因而我給人的印象一方面是深沉，另一方面卻是精神不振。我所謂敗事也就是由此不振而來。其實世界是原本的世界，是外在於我的精神狀態的，而一種生命觀也只是代表著自己在這世界之角色的計畫，那我爲何不採取一種康健的生命觀呢？

我發現過去的情況是這樣，我對現實有個障礙，是我自己造成的。我自己不夠眞誠去接受這世界，拒斥了太多東西了，因而就更認不清眞相，而活在自己的幻象之中。我總有意無意地鄙視或忽略那些不可與之溝通的人的生活，忽視他們的心理歷程，他們的目標、理想。我否定他們那種生活的眞實性與價値性，似乎是藉此來肯定自己的價値，卻只替自己造了圍牆與幻象。以前我們一直奢言走出象牙塔，走進什麼之中去，殊不知象牙塔就在心中。

一九七四年七月廿九日晚，綠島」

「《新英文法》收到了。

這幾天來有點失眠，想是讓腦袋裝載了太多東西，太多瑣碎無用的東西。在目前這種規律的作業狀態下，若不能按時起居，一天的生活就會失調。想著大學時生活的爲所欲爲，想睡就睡，根本無所謂失眠與否，那是多麼暢快的日子呀！我現在眞是常常爲失去的日子惆悵，想著那時的自由自在、無拘無束，那麼空曠無羈的天地，如今已不可復得了。

……

一九七四年七月卅日晚，綠島」

機場風情畫

「……

再幾天就要正式坐鎮機場了，四個月來的基層體驗卻非可輕易抹除。幾個月來我有個感觸，我雖在軍中，但卻可說是踏出校門進入社會的第一步。學校與社會是全然不同的兩個環境，以前雖然可想像著這種不同，但從沒這種親炙體驗而來的眞實感，也帶來自己心理上、心態上很大的改變，或說對眞相的進一步接觸吧。以前我從沒想到要裝扮自己，有意識地將自己以某種形態表現給別人看。而今我卻不得不接受這種作爲，讓自己帶個假面具。

其實說假面具是不妥當的，因爲我並不認爲這樣做不眞誠，反而認爲必須這樣做，才能達到更高的目的。譬如我不再抑鬱，這不僅是心態上或認識上的自然發展，更是一種意志的行爲。四個月來我是慢慢在突破自我封閉的殼，總結一句，我努力使自己接受別人的一切，使自己成爲一個強者。

妳還記得嗎？上次我與妳去找黃武雄，我問他是如何使專業與理想統合起來的，他並沒有給出答案，只說並無困難。當時我是很懷疑這種統合的欺罔性的，而今我或可漸漸了解如何統合了。

一九七四年八月二日晚，綠島」

「……

我最近發覺到，如果我不去貶低別人的生命，就會發現更多的眞相。一些最平凡無奇的生命，我一直來都不敢去正視，雖說我不至於去鄙視。但在心中總是有一堵牆在，似乎以爲去接受他們的生命樣態也等於把自己降格爲他們的生命層次了。因此自己的觀念與理想常變得只是一廂情願，也因此而自我閉鎖，無能與他人溝通。這種自我防衛機制或說自負心理一經去除，我覺得活得更釋然、更眞了。以前的虛無狀態是不斷否定很多東西，而現在的虛無卻是在無所肯定與否定中，先學著正視與接受。在這裡我覺得孤獨與開放是融合在一起的，並不衝突，一方面甘於獨享、甘於無人認定自己的東西，另一方面則隨時準備接受外在的一切，正視外在的一切。……

一九七四年八月三日晚，綠島」

「這幾天由於交接，忙得頭昏眼花，現在總算塵埃落定。這裡很靜，只有風聲，沒事的時候就是這樣。近一年來生活在大群體中慣了，到這裡來，晚上若同事不在，那眞有點令人感到異常的孤寂，妳可想像在空曠的野地獨居空屋的滋味。如果妳在此陪伴我，那滋味就大不同了。……

一九七四年八月七日下午，綠島」

終於來到八月初的盛夏，太陽一出來就更毒辣了，而即將退伍的老預官則各個喜形於色。我們兩屆預官重疊四個月的相處雖然短暫，但也互相留下了難以磨滅的印象。我們兩位新任特檢官在八月五日正式進駐綠島機場，接替退伍的周正與何淮。

交接之日忙了一整天，入夜之後整個機場沉靜下來。其實平常這裡沒有飛機起降時就很安靜，白天偶而會飛來幾隻白鷺鷥，與在跑道旁邊草地上放牧的牛隻混在一起。

一年來部隊的群體生活慣了，初來到機場小屋過夜，晚上很靜，只有不歇止的風聲與潮聲。看著遠處燈塔射出的迴旋白光，仰頭張望滿天的星斗，好似獨居空曠荒野的感覺，令人感到異常的孤寂。

我躺在床上想著，我已報名九月份的英語托福考試，如今被調到這裡來，遠離指揮部營區裡的吵雜煩躁，又沒長官天天盯著看，可是準備應考的好環境。

沙丘、水井、燈塔

荒島的機場位於島的西北角，南北向的跑道並不長，只能起降小飛機。這個小機場前一年才由指揮部修建完成，也由指揮部負責管理。指揮部在這裡配置了兩名機場特檢官，歸部裡的一位組長羅中校督導，一隊由老兵組成的機場警備隊，以及一輛笨重的 150cc 軍用摩托車。

指揮部一開始就指定兩名預官而非職業軍官來當特檢官，或許是認爲預官比較單純好用，也或許只是當時的人事因緣。能夠調離指揮部，不用負責管訓囚犯，確實是件美差事，尤其又有一輛荒島上少有又最拉風的摩托車可以到處闖，雖然這輛車已經頗爲老舊。但是機場安檢卻又比營區裡管訓隊員背負更大的責任，可能出的差錯也更爲嚴重。因此我們兩位新任特檢官一方面開始享受著獨當一面的自由自在，另一方面也提心吊膽戰戰兢兢地進行每天的安檢作業。

荒島機場的南北向跑道並非水泥路面，而是土石壓成的。指揮部並沒有機械化的建築車輛與設備，有的是單純的勞動力，好幾百個管訓隊員。工地由隊員一鏟一鍬地剷平，土石由隊員一擔一籮地挑來，跑道由隊員拉著大石輪來來回回地壓實。由於是如此土法煉鋼，跑道的崎嶇自是不在話下，小飛機在上面起降，顛簸也就難免了。

機場跑道東西兩邊都是長滿林投的小沙丘，越過西邊沙丘下去就是海岸了，機場警備隊就駐在這小丘上。機場航站的候機室則位於跑道東南邊的一塊平地，是一棟三十坪不到的小屋子。面南的大門前面有塊停車的空地，挨著通往中寮村的公路。中寮村就在機場往指揮部路上不遠的地方，是綠島最熱鬧的地方，幾家小店以及唯一的小旅館都集中在這裡。航站的屋子裡則從中劃出南側一大半當候機室，另外一小半則隔出兩名特檢官的寢室、航空公司的櫃檯以及登機檢查台。機場航站除了那扇朝南開向馬路的大門外，還有一道雙扇門在檢查台旁邊面向機場跑道，距離位於跑道東側的停機坪有七八十公尺之遙。我們兩位特檢官就睡在航站小屋裡，三餐則在沙丘上的警備隊搭伙。

候機室裡有廁所，洗澡則要走到跑道西邊沙丘上的一口水井處。這口水井用的是老式的手搖唧筒，你要用手抓著長長的木頭柄子，往下一搖一搖地，將井水抽上來。這口井就光溜溜地位在小丘上的一條小路旁，周圍除了低矮的林投樹外沒有圍牆，因此洗澡的時候，人就這樣光溜溜地毫無遮掩。由於沒有燈光，為免摸黑，大家總是趁著天未暗前來洗澡。井水十分冷冽，盛夏時節，黃昏的露天浴是個清涼的享受，然而冬天一到就成了意志的磨練了。至於黃昏的小路上，不時會有到海邊撿拾柴火或割豬草滿載而歸的農婦經過，我們就只能視而不見了。

從這條靠海的沙丘小路還可以通到荒島的燈塔，這座美麗的白色燈塔就位在機場的西北邊，也就是荒島最西北端的岬角上，俯視三方大海。它屬於交通部，發出的亮光指引著行經台灣東南海域的船舶。而由於它在白天也是如此鮮明高聳，就成了小飛機降落的方位指標了。

這燈塔可以權充機場的虛擬塔台。荒島其實並沒有機場航管設備，這裡的飛機還是受到台東機場塔台的管制。飛機飛到這裡，機師只能以機場跑道旁唯一的風向旗做參考，回報台東塔台。台東塔台也只能信任機師，聽他報告，隨他起降了。

我很喜愛這燈塔，在它的基地範圍內，不論塔身、屋宇、或矮牆，全都漆成白色，門窗則是草綠色，與空地上的草皮呼應，陽光下這裡的藍天碧海與白塔綠地眞給人一塵不染的感覺。這個躲在岬角的燈塔自成一個與世隔絕的小天地，幾乎與台灣的一切了無牽掛，甚至與這荒島也沒有關係，沒有荒島所被迫承載的、與台灣千絲萬縷牽連起來的沉重與荒謬。平常我從機場小屋就可遠遠地欣賞它的美，稍後又發現，在守著這個小天地的工作人員中竟有一位業餘理髮師，因此更是經常以理髮爲由來到這角落流連了。

老兵警備隊

機場警備隊警戒的範圍包括機場四周，以及延伸到中寮鄉的海岸線，而機場航站的警衛只是他們其中的一項任務。由於在機場出入的人三教九流，成分複雜，警備隊派來機場航站的都屬比較精明幹練的老兵。有兩位士官長互相輪班，以及幾位老士官。

飛機起降時，通常是一位腰佩一把左輪手槍的士官長，帶著一位扛著步槍的士官來負責警衛。這位老士官站在候機室通往停機坪的大門口，阻止一般民眾闖入機場跑道。士官長則與特檢官一道前進到停機坪接送飛機。特檢官除了一把金屬探測器外，並沒配戴任何武器。在這個表面看似單純，裡頭卻藏著三個重刑犯監獄的荒島小機場，這時的安全配置也不過如此。

在這些負責機場航站警戒的老兵中，兩位士官長都長得高大，生活上也頗自制，而其他老兵則花樣較多。有一位綽號酒鬼的老士官徐俊，在下崗後經常喝得醺醺然，他沒錢買什麼好酒，只有老米酒喝，喝多了，他的雙眼總是朦朦朧朧的。他也喜歡賭博，但稱不上什麼大輸大贏，贏了點小錢，他就去買些好酒喝，若輸了錢，他就只好賒帳喝老米酒了。嗜酒與賭博似乎已成了他晚年生命的一部分。

另一位泉州人老士官，我們叫他陳班長，則是有著南國的嗜好，總是滿口紅茸。他又老是對我講著泉州口音的閩南語，一開始還讓我以爲他是鹿港人。他在台東成了個家，娶了一位原住民的寡婦，附帶多了兩個拖油瓶的小孩。他除了嚼嚼檳榔、喝點小酒外，小心翼翼地呵護著這個家，一放假就過海回家去。回來後就興致昂然地說起「我那山地某」如何如何善於操持家務，對自己的疼愛老婆頗爲自得，也不顧其他單身老兵的歆羨眼神。

我們特檢官的三餐都在沙丘上的警備隊搭伙，很快就與他們混熟了。這裡的伙食由於人少，比起指揮部裡的就更差了，不過扎實有勁的饅頭與耐嚼生香的糙米還是依舊，眞正是我每餐的主食。在沙丘上的小隊部裡，他們除了養幾頭豬外，還有一隻毛色烏黑漂亮的母狗。

這隻母狗沒多久就生了一窩小狗。而那幾頭豬則平常是不宰的，要到逢年過節才得屠宰一隻，卻能讓這支小小的警備隊吃上整個禮拜。

卑南姊妹

在綠島機場建成之後，台東綠島航線是由一家「台灣航空公司」經營，就只有兩架單引擎小飛機。一架六人座的，一架十人座的。每架都只由一個飛行員駕駛，因此個別能搭載五個與九個乘客。

台航在綠島的業務由一位高太太負責，平常飛機起降時，她就來到機場航站裡的台航櫃檯辦理機票劃位事宜。在剛得到命令調任機場特檢官時，周正就帶著我們兩個新任預官，到機場航空站來介紹給高太太。

高太太的丈夫是這裡的衛生所主任，也是荒島唯一的民間醫師。其實這裡還有另一位民間醫師的，而且是個名醫，但卻關在監獄裡頭。他不是政治犯，而是一九六〇年代轟動台灣社會的嘉義護士命案的主角——嘉義名醫劉堂坤，被判了無期徒刑，關在荒島的司法監獄裡，在裡頭還會幫忙看病。

綠島衛生所主任、台東人的高醫師畢業於高雄醫學院，因爲讀的是公費，畢業後必須下鄉服務多年。他於是選擇來此荒島，一家人也就跟著過來，並在飛機場建成之後，高太太就承接了台航的業務。

在六月搭機回台考試時，我在辦手續的過程中並沒太注意到她。這次當周正正式介紹她時，我才發覺她長得很好看，寬闊的天庭下有雙深刻的大眼睛，俊俏的下頦撐出挺直的鼻梁與豐滿適度的嘴型。這是一張輪廓分明、十分帥氣、有如雕刻人像的臉。她雖已過青春年華，身材也漸富態，卻還是風姿綽約。

高太太是個心思單純大而化之的人，有時機場業務一多，她就會手忙腳亂，於是沒多久她又找了台東的高家小堂妹來幫忙。活潑的高家小妹正值青春年華，兩顆大眼睛總是含情脈脈。她喜歡唱歌，嗓音也很美，平常沒事會哼上一段當紅的流行歌謠，陶醉在各種青春的想望中。但有時不免也會漫不經心，而遭來大嫂的嘮叨。

這對純眞快樂的姊妹花消融掉不少荒島機場的鬱悶肅殺氣氛，也給這孤島的邊緣帶來些都會氣息。而令我稍感驚訝的是，她們是台東卑南族人，因爲我原來總以爲原住民都有著古銅膚色，而她們這對姊妹花的美白肌膚卻打破了我的成見。她們又常會對我談起卑南族生活的種種，他們喜歡唱歌，並不住在深山裡面等等。小小的卑南一族透過他們一家給了我很豐富的圖像與內涵。

風情小市集

綠島機場的闢建確實爲荒島帶來各種變貌，與台灣間來往的方便性帶來了不少三教九流的人物與各色各樣的衝擊。有來探親的，有來觀光的，也有抱著各種不尋常目的而來的，一些行業也應運而生。

綠島的計程車即是一例。在只有渡船可搭的時候，既少觀光客，也少探親者，更沒有那些不明動機的外人。來回四個多鐘頭的海上顚簸之旅，除了有心者，大概只有鄉民、小商人以及任務在身的軍公教人員會願意承受。因此也撐不起計程車這行業。這大部分的計程車都是在綠島機場闢建之後才出現的。

而當有飛機起降時，荒島所有的計程車，不管多破舊，都全部集中到機場航站前的小空地，司機們儘管衣冠不整，也大搖大擺地進出候機室。來往旅客、接客的、送客的，甚至拎著小籃子賣零食的，也都在此進進出出，儼然像個荒島最熱鬧的小市集。

隨著外來者的增加，孤島上那麼一小圈「中產階級」的生活也豐富了許多。高太太因爲台航業務的關係，也自然成了荒島上這麼一種新氣象的消息集散中心。她又與司機阿玉特別投緣，在等著飛機的時刻，兩個人經常擠在櫃檯邊嘰嘰喳喳，談個沒完，交換著荒島新氣象的各種情報。

荒島唯一的女計程車司機阿玉雖然瘦小，卻長得眉清目秀，有著清澈的眼睛與櫻桃的小嘴，是一張會令東方男性疼惜的、幼嫩可愛的臉蛋。她又有著古銅健美的膚色，以當今的標準會讓歐美女性羨煞，而以當時的環境，卻又意味著她的農家出身。這個矛盾組合，在荒島，甚至在台灣，也都充滿著歧義。

她所駕駛的這麼一輛雖老舊卻整潔的小巴士，平常時候生意確實差一點，不過當台灣來的旅客多些時，她的車就派上用場了。其實她的車子也不常空著，因爲上面有時會載著她的兩個稚齡小孩。她的身世是個謎，我們只知道她獨自帶著兩個小孩來自台灣，也獨自承擔這個家計。這兩個未及學齡的小孩有時託放在鄰居家裡，若沒地方擺就跟著她上車，隨著乘客到處遊轉。在班機繁忙時節，她有時也會將這兩個小孩丟在機場候機室，這裡總有人會幫著照料。

這麼一個瘦小的年輕女子在荒島上開著一輛載客小巴士，跟其他開計程車的男司機搶生意，總令人爲她擔心。然而阿玉其實表現得蠻樂天的，總是笑口常開。見到我們，總是甜美地呼叫一聲「特檢官」。然而處於那群粗野的男性之中，我們也經常見到她堅強的一面。

有一位略帶滄桑的中年婦人阿桂不時也會出現在機場，她性情很好，總是和顏悅色，經常與高太太閒話家常。她並不住在這荒島上，只是每隔一陣就會飛來住上一陣，就住在荒島上唯一的小旅館。她這樣來回似乎頗有一段日子了，與荒島的各種社會人士也就熟識起來。她並不是來探監的，也不是來做買賣，她是我們機場特檢官的直屬長官羅組長的情婦。

我們的長官是個年過半百的單身漢，面色紅潤，身體保養得不錯。他平常待在指揮部，很少來到機場，若有外出就是到旅館去找阿桂。她幫他帶來台灣的日用品與新玩意，還會燒兩樣菜給他吃，有如尋常夫妻。我們聽到的是她在台東的丈夫是無能的，經濟狀況也不好，也容許她如此出來被我們長官定期包養。

從這個小機場輻射出去，綠島的鄉民社會開始了各種變化。

「……

外面下著大雨，想著又好幾天沒接到妳的信了。長久的分離，只靠通信，而缺乏共同生活的基礎，男女雙方都需要付出很大的努力去維護這已建立起來的感情。我以前是不太敢去碰觸這問題的，總覺得事情總要自自然然地發生才是，生怕承認了感情的現實性。當然如今是了悟了這現實性，也因此更珍貴這情分了。……

在此孤島想到妳，我只能從妳信中（這實在太貧乏了），再從記憶中咀嚼著過去的日子。而我也只能從這些東西來設想著妳現在的處境，希望能一絲絲地拼湊成一個完整的圖像。在回想中發現了過去太多的盲目與無知，常悔恨著我以前若非如何，若能認清某一點，那現在妳我都會活得更安寧了。反正這些也只是追憶，除了組成我設想妳時的素材外，只能引爲前車之鑑了。

一九七四年八月九日晚，綠島」

「……

我自己是不甚清楚要在什麼情況下才與妳結婚，但至少不要求妳一定付出承諾。不過我可以說的是，我心中所企求與勾畫出的結婚，必須對我倆將來都有好處。當然這主要是考慮到它所加諸我們的社會負擔，但若只從個人意義來說，我也希望這原本只是社會形式（儀式）的結婚能具現出我們純個人的心理或感情認定，一種基於責任的認定。當然若考慮到它的社會意義，我們還應該檢討此社會意義的適當與否（至少我不是一個保守派），但我覺得以我目前的狀況是無能爲此問題糾纏，或勇於去對抗此社會意義所帶來的壓力的。因此我只能抓住它所蘊含的個人情感認定這一方面了，這是較易入手的一條路。

我想我應再把我所提到的承諾說清楚。我爲什麼會有這樣的想法主要基於我對以後生活型態的抉擇，也可說是我對感情生活的抉擇。我知道自己不免於有多種情欲，同時未來的我之條件與境遇也充滿著無限的可能。但基於我的世界觀與生命觀，我甘於捨棄某些生命型態，不管是否經歷過。我甘於只與妳長相廝守，當條件成熟時。在這點上我就覺得我很東方地在面對這問題，一種理性地在諸種情況下做一抉擇，當然這抉擇是需要意志來保證的。

我對東西方模式之分野並不很清楚，直覺上我以爲東方性是自求鞭策、重視努力與奉獻的，而西方性則是自我標榜、只看見天生、機緣與獲取的。譬如在男女關係中，東方性會要求互相努力去達成幸福，而西方性則是彼此計算著對方的屬性是否與自己配合。這分野不只表現於婚後之男女，更表現在婚前的關係中。西方的心態可說是個人主義的，當然妳也了解這個人主義並非自私，它已成爲一種普遍的生命觀，作爲對每一個人的要求，成爲一種爲眾人所接受的心理模式與世界觀了。

在這裡接觸到一些女人，如果我夠格的話會稱之爲可憐的女人，妳知道綠島這地方本就特殊，而這些女人也都非本地人。知道她們的處境也幫助我對女人的了解，在這文明下的女人。……

一九七四年八月十一日晚，綠島」

「上封信裡我提到東西方的不同。我想到索羅金曾把東方文化稱爲理性文化，而把西方文化稱爲感性文化，這種分法當然基於他另外很深厚的理論基礎。而妳所言的一是縱深，一是橫跨也很有意思。我記得方東美把中國的世界觀稱爲高度心理學，反過來說西方的就是深度心理學了。我們看佛洛依德就可清楚，他用一種很西方的觀點看人類，同時也配合西方的社會基礎。中國人是否表現出那麼多如他所言的潛意識在作怪呢？同時解決之法是否需要那一套分析呢？這是方東美所謂高度之意，由要求社會成員之向上性祛除了內心的諸多情結。或許不同在於把人看成是怎麼樣的一種東西。

妳所說的橫跨也可說是一種社會觀，把人看成是群體中的一員來考慮，而非單獨個體。中國人那種念天地之悠悠在西方是不易被理解的，這是我較能體會的一點，尤其中國純粹的人文精神，甚至西方的人文主義都無法與之匹配。中國的蒼生這概念很可令人玩味，我會覺得西方之人文主義也帶著欺罔的性質，常會流於抽象的人，而非具體的人。……

一九七四年八月十三日深夜，綠島」

夏末誘惑

「……今天一直颳著西南風，就好像台灣的颱風那樣，但沒有雨只有風，吹得人頭昏腦脹。入夏之後經常如此。……

我常想著地球終將要毀滅，並沒有上帝來許諾一個天堂給人類。而在上億光年的宇宙中，幾十年的生命眞是太微不足道了，這是我虛無的理性基礎，由此我是心懷千秋萬世蒼生之憂的，一種很全然包容的同情。而我的問題在於我如何運用理性來克服我的任性、我的不安、我的恐懼，我的欲望。

妳是一步步走出象牙塔。我會覺得當有此自覺時，只有去面對與接受自己全然的過去，才能超脫過去的自己，而非把過去的自己當成仇敵或令人自慚形穢的恥辱。若這樣那只是一種循環，只是運用一階段的概念去打擊前一階段的概念，而非跳出、超脫這階段。因此我現在對我的過去常帶著一種虔敬與同情的心靈去看，隨時都會有過去陰影湧現的可能，也隨時用此理性去面對它。

如此不再把自己當成弱者，也超脫了強者弱者之分，自拔於典型的困境。這是種從對立的自覺到超脫的辯證。……

一九七四年八月十九日下午，綠島」

「這幾天沒給妳寫信，一方面是想等著妳回音，覺得自己內心的話都掏盡了。另一方面也太忙了，因爲天氣惡劣，船開不成，飛機就成天飛著。而昨晚又來個狂風暴雨，停電加上鬧個小水災，搞得我們七葷八素。

老實說，我寫那封信時心情並無波動，只是用心地在思考。而接到妳這封信，看前半段心情也很平靜，或許企盼了幾天的信終於來了，令我高興之故吧！不過確實不會像過去那樣把自己搞得可憐兮兮的。

下部隊後環境確實令我改變不少，自己必須學著隨時主動去應付狀況，去安排設計。在這種環境中，被動與畏縮是致命傷，眼看著不少預官因此而被吃定了。我因而被迫採取自我防衛，甚至主動去安排設計。

我並沒有認爲當妳能主動時，就一定會繼續我倆的關係。……妳提到妳我之間妳的被動性這歷史因素所造就成的妳的現況，是極珍貴的自覺。而且當妳有此自覺，開始爲此付出心思時，也正是開始轉變被動爲主動的時候。不過我另有想法，我覺得主動被動之分只是一種界定的型，正如我以前談過的型。只能拿來作爲對某種狀態的描述，而不能成爲行爲的指導。這種不能由型來指導自己的認識是極深刻的，我想妳最近在讀德波娃的自傳，其中當可傳達給妳一些不爲型所制的信息。能成爲我內在最深刻的指導原則的，只有道德的指導原則，在這虛無的世界與宇宙裡。……

一九七四年八月廿五日晚，綠島」

「……

我覺得只要一念之間尊重自己所活過的，自己就馬上是『在內』(inside)了，而這種『在內／在外』畢竟只是描述，能不爲所困，即無問題。日常生活也是如此，不安感就會去除許多。妳說以妳過去而言，要我以強者的要求來對待妳這話，對我是無效的。我希望妳不至於這麼悲觀，一方面對妳而言，妳是在要求自己啊！另一方面，若對我眞是無效，那我將引爲愧疚。我說出我的難題時也正努力要求自己做一抉擇，也要求自己克服自己的弱點。我要求妳，也要求我自己，也只有在要求我自己之下，才有理由要求妳。妳的過去到現在，妳必須去尊重它，把它看成是生命的寶貴試煉。當妳能坦然面對時，才能眞正去改造，以自己的計畫去改造。這是古人所謂的『自待厚』。

我覺得對知識的熱誠也是要經歷一段試煉的歷程才能孕育出來。我自覺自己求眞的熱誠是所謂的『困而知之』，由於自己的存在形象、欲望、理想與能力，各方面並不能搭配得來，存在就遭到了極大的折磨，這是少年時期以來的歷程。我的諸多挫折孕育出我的求眞熱誠。這挫折不只是外在的，而且是內在的一致性與統一性的不克達成。

所以我會認爲妳終究也會如此，不再活在『他人眼光』下的恐懼中，而依著自己的理想來計畫自己。妳讀存在主義所謂『在他人目光下變成一個客體之不安』，當會有共鳴的。……

一九七四年八月卅一日晚，綠島」

僕僕的探監者

調到機場工作之後，天天接觸的是搭機過海的旅客。來此地觀光的遊客並不多，機票對大半鄉民也是個不小負擔，而以軍公教爲主的荒島中產階級也沒有太多假期可以過海，因此在搭機旅客中，從台灣渡海來此地監獄探親的家人也就佔了不少。我於是開始有機會見到各色各樣的探監者。

來探訪指揮部管訓隊員的並不多，他們比較像是被家人拋棄的一群，或許他們的家人是因爲家境的關係，即使要越海來探親，也可能多是搭乘渡船，而不搭飛機。來探訪指揮部新生的也不多，因爲他們大半孑然一身來到台灣的，在台灣並無親人，否則也不會繼續滯留在此。因此來探訪親人的主要都是以荒島的兩處重刑監獄爲目的了——司法部的重刑犯監獄以及國防部的感訓監獄，而其中還是以來探望感訓監獄的政治犯居多。

這些探監者，有的是來探望兒子的，有的是來探望父親的，有的是來探望丈夫的，有的是來探望兄弟的，有的更是全家兩代甚或三代一起來探望家裡的男人的。他們多半帶著沉重的心情來到荒島，而也帶著黯然哀傷的神情離去，不少妻子女兒都是紅著眼眶噙著淚水飛回台灣的。在那還看不到有任何解除戒嚴跡象的遙遠年代，他們總是帶著給受難的親人打氣的心情，強忍著悲痛來到荒島，傳遞給他鐵牢外的一線希望，然而離去時卻又禁不住地感到萬分地哀愁與絕望。

做爲機場特檢官職責所在，我會詢問所有入境旅客來此的目的，若是來指揮部探親的，我會多加詢問所探者何人。然而若是去其他兩座監獄的，我只會憑其身分做些推斷，並不多加詢問。那種哀愁與絕望也在我內心底層蔓延著，然而卻又不得不保持一種漠然的工作態度。

落難的紅衛兵

在颳著強烈西南風的一個下午，有一位斯文英俊的男士下了飛機，我看著有些眼熟，一時想不出曾在何處見過。等到進到航站進行安檢時，才發現他是創辦《大學雜誌》的鄧維楨。我以爲他是來探視某位政治犯，詢問之下竟是來探視我們指揮部裡的又一位「高級雇員」

王朝天。

王朝天幾年前還是台灣媒體上大名鼎鼎的風雲人物，他在一九六八年文革高潮時以大陸紅衛兵的身分逃到台灣，由於帶來當時大陸文革的第一手資料，頗受當局重視。他又口才辨給，到全台各個學校演講，受到熱烈的歡迎。

然而沒想到，才沒幾年我竟然在這荒島上遇見他。來台後沒幾年，他大概一直抱著紅衛兵的抗爭精神，竟然就與當局鬧翻了。當局不能容忍他，又不能公開處理他，遂將他依例放逐到荒島來。這時他被安置在指揮部的第三中隊已經一年多了，與在我們五隊裡的那對難兄難弟一樣，除了吃飯睡覺，隊上長官是管不了他的。

王朝天長得強壯矯健，不分冬夏皆是足蹬運動鞋，一身短裝打扮。他典型的夏日裝束是白汗衫白短褲，加上白襪子白球鞋。他上身通常只穿一件當時流行的BVD貼身汗衫，露出身軀的健美曲線，而身上的汗滴則讓曬黑的皮膚閃閃發亮。他是這麼一副運動健將的樣子，渾身曬得比管訓的隊員還要黝黑，像個黑炭似的。天氣冷下來時，他頂多加件輕薄白色夾克，如此一身黑白分明。他確實天天在鍛鍊身體，打球慢跑，上山下海，到處遊走，總是一副隨時可以跑跳起來的姿勢，很少看到他安靜下來，這點倒是與五隊的那對「高級雇員」文質彬彬的形象相映成趣。

王朝天與那對難兄難弟還有一處更大的不同，他不像他們那般「識大體」，而簡直可說是不馴。他繼續發揮紅衛兵的抗爭精神，對在隊上所受到的待遇據理力爭，隊部則認為他是在無事生非。他又一天到晚在外頭活動，經常跑到荒島村落與鄉民結交往來，混得很熟，也不時會出現在機場航站，送往迎來，儼然荒島鄉民社會裡的一號人物了。

王朝天的隊上長官十分擔心不知哪天他就要不見了，於是指派了兩個我們同期預官來看管他，要求隨時報告他的行蹤。然而這兩位預官如何能管得了他，連追都追不上，只能被他整得慘兮兮的，因而老看到這兩名預官給搞得緊緊張張、棲棲遑遑，不可終日。而我每看到他在機場出現，就會想像著哪一天他會游過那道黑潮逃掉了，就如同他當年游到香港那樣。

而今天，來探視王朝天的竟然是鄧維楨，我看著他出示的公文，上面寫著的頭銜是行政院的什麼顧問。我望著他往指揮部去的背影，納悶著他能提供王朝天什麼樣的幫助與慰藉。

打著蝴蝶結的女孩

她是個活潑大方的高眺女孩，有著一張清純美麗的臉孔，看來十七八歲的豆蔻年華，在我進駐荒島機場後，她的第一次出現著實令我驚豔一番。

她燙著一頭那時只能在美國電影上才看得到的年輕女孩的短髮型，用半圓形的大髮夾從額頭將頭髮往後梳攏固定，鬆蓬的髮梢微微上捲，還繫上一個大蝴蝶結。相較於當時台灣中學女生不准捲燙的齊耳短髮，她或者已經高中畢業，或者跟本就沒在上學。她的髮型配合著天真無邪的笑容，蹦蹦跳跳的模樣，不時洋溢著一種青春少女的喜悅與幸福。

她的這種模樣與神態顯然來自台灣的大都會區，甚至是來自十分洋化的家庭。她既非這荒島鄉民的親戚，也非因迷戀上這荒島景色而來造訪的旅人。每隔一二個月，這女孩就隨著她母親來到這裡，爲的是來探視在八卦樓裡的父親。她父親是個政治犯，而顯然她們母女倆已經來過多次了。

雖說她有著天使般的笑容，高䠷的身材卻已是發育成熟。隨著夏日的來臨，她來到荒島的穿著就越來越單薄。她一身散放青春活力的俊俏打扮，頗引來鄉民的異樣眼光，然而她倒十分自在，到處走動。

在每次探望過父親，回到機場等待飛回台灣的班機時，她穿戴高雅的母親總是神情嚴肅，不發一語坐在一旁。而她則活潑地到處與人搭訕。尤其是與那些口嚼檳榔、衣衫不整、足履拖鞋的計程車司機有說有笑，混得十分熟稔，頗讓我感到醋意。她也會走上前來跟我搭訕，我卻仍得擺出機場特檢官的威嚴。雖然她的政治犯女兒的身分與天眞無邪的笑容惹人憐愛，而她的青春打扮與成熟丰姿又極引人遐思，我竟不太敢正視她。

她穿戴體面、神容優雅的母親還是靜靜地坐在一邊，並不管她。她們母女倆這般不同的舉止，讓人猜不透她們此時內心的感受。我則企圖琢磨出她們的親人會是怎麼樣的一個政治犯？

由他妻子的優雅神容看來，他應該出身不低，頗有教養。而他女兒的舉止打扮也顯示出是來自一個頗爲西化而開放的家庭。他這麼樣的一個出身，又會在哪裡忤逆了當道？

面對這麼一張清純可愛的臉孔，我不忍心問她到底她父親曾經發生了什麼事？而已經了幾年？還要再關多久？她或許也不會輕易洩漏給我知道，或許連她母親也不曾對她透露分毫？而她在家裡也是這般天眞快樂模樣嗎？

我企圖在她那天眞的笑容中尋找出一絲憂愁，企圖在她那活潑的談笑中窺見到一點陰影，然而她總是像個遊興未盡卻要踏上歸途的快樂女孩，還在利用最後一刻到處尋找好玩的事情。而她那優雅安詳的母親也總是沒有表情不發一語地坐在一邊，讓人看不透心中有著任何翻滾。

我幾乎放棄了再去猜想的好奇心，然而唯一令我不安的是這隻有如蝴蝶般到處拈花惹草的青春女孩的風采。在荒島的酷暑下，一個年輕軍官再怎麼擺出威嚴，也會被她所散放的氣息所吸引，情不自禁將眼光拋向她。

這是個荒島盛夏的大熱天，她又跟著母親搭機來到荒島，而她的穿著更引人側目遐思了。她穿著當時台灣都市正在流行的熱褲，一種女生穿的頗短的褲子，腳上一雙時髦涼鞋，讓她白皙的雙腿更顯得修長，而頭上依舊打著一個天使般的蝴蝶結。這種足蹬涼鞋、身著熱褲的俊俏打扮再度令我不敢逼視。

在探視過獄中的親人後，她那優雅的母親早已坐在候機室等著回航的班機，卻仍不見她的蹤影。過了許久，就在她們的班次即將飛來之前，她才手舞足蹈地踏進候機室，忙不迭地向母親訴說司機阿福載她去看還在修路的海水溫泉。她興高采烈的模樣讓整個候機室的人都爲之感染，而身著汗衫短褲、滿臉鬍髭的阿福也已停好他的破計程車，手裡甩著一串鑰匙，挺個胖肚子，得意地步入候機室，腳下的拖鞋在地板上拖沓地嘁嚓有聲。

我忙著安檢作業，偶而也將眼睛飄向那蝴蝶般的女孩，她已經結束對母親的報告，尋找另外好玩的目標。而這次我竟不巧看到她隔著一張桌子，彎腰前去向她攀談的對象拿個東西，她那已經夠短的熱褲，更是整個拉了上去，露出了半個臀部。

我不忍多看，即刻轉開眼睛，卻感覺到整個候機室都是虎視眈眈的目光，射向了這蝴蝶女孩。

小學女老師

在機場忙亂了一個多月後的一個夏日，我們兩位特檢官想起周正交代的一項任務，騎上摩托車轟隆隆地來到綠島國民學校，衝進了操場。而國校的幾位年輕女老師也遠遠聽到了熟悉的摩托車聲，都走到操場上來迎接，讓我們頓時感到十分抱歉，沒儘早過來探望。

早在八月初周正交接完機場特檢官職務之後，又特別對我們交代一件事，他要我們一定要去探望荒島唯一的學校——綠島國校的四位年輕女老師。這所小學沒太多學生，也沒幾個老師，主要就是她們這幾位。她們在前兩年才從台北師專畢業，被集體分發到這荒島上來，就像我們預官一樣。只是我們只要在這裡服役一年四個月，而她們則有著長得多的服務期限。

來自台北的年輕女老師在這畸零的荒島上頗爲突出，她們不僅是島上稀有的都會年輕女子，也是島上少有的知識分子。然而她們幾乎足不出戶，很少在荒島僅有的街頭出現。從大都會的台北突然被空投到孤懸海中的荒島，心理應該是難以調適的，因此周正的交代也就很有道理了。機場距離小學不遠，特檢官在生活上又不受太多節制，比起指揮部營區裡頭自由許多，以同是來自都會的知識青年身分，就近照料乃是理所當然。周正臨走時就以大哥般的胸懷再三叮嚀這件事。

而我們兩位新任特檢官卻是拖了許久才來探望她們。她們眞的年輕，才二十出頭的年紀，十足的都會女知青，與孤島的荒涼肅殺的確極不搭調。我們愉快地談了整個下午，走的時候還相約以後會經常來看望她們。然而之後我們兩個卻很少再來到這小學，而她們也從未主動來相約。

我們兩位都是出身於謹小愼微的小康家庭，在這荒島上被挑選當特檢官，就都有著持盈保泰、趨吉避凶的心理，生怕太招搖而得罪了誰。而且周正那種大哥般的樣子雖是令人欣羨，卻也是個頗大的壓力，我們的男女觀從來不是如此培養的。總之，我們與這夥小學女老師顯然形成不了照顧與被照顧的關係，也就只能自求多福了。

寂寞旅人

來到九月中，荒島的暑氣未消，我按原訂計畫，再次請准假回台灣參加英語托福考試。在搭機回台時，我發現與一位經常來回台灣與荒島間的馬小姐搭乘同一班機，與她同行的還有一位懷中抱著嬰兒的少婦。

年輕的馬小姐幾乎每個月都會來到荒島，探望在八卦樓已經關了多年的父親。她來得頻繁，與鄉民熟稔起來，後來就乾脆租了處民宅，一來就待上數天，方便就近探望父親。她如此頻繁進出荒島，總是板著臉孔，不帶太多情緒。來的次數多了，也與我們機場特檢官熟了，不再拘謹。我曾試圖多問兩句，她卻是守口如瓶，我只能隱約猜測她父親或與孫立人有關。

這天我搭機回台灣參加考試，與馬小姐同一班機，與她同行的那位懷中抱著嬰兒的少婦，就是她所寄居民宅家裡的。飛到台東後，我轉搭公路局的夜班車赴高雄再設法北上，上車時發現又與她們同車。她原是與懷抱嬰孩的少婦坐在一起，車子開動之後，她發現我旁邊位子空著，就大方地移坐過來。沿途大半的乘客都已進入夢鄉呼呼大睡，我們則竟夜未眠，一路聊天，只感覺到車子在南台灣暗夜的重山中彎彎曲曲地繞著，直到晨曦初起，而我們也抵達了南部的港市。

我們一路聊天，當年流行台灣東南西北的各種話題無所不談，但就是對彼此的來歷一句也不提，好似諱莫如深。我們兩人都將荒島的一切拋在腦後，她不管我在荒島的身分，我也不問她那關在八卦樓的父親的事情，彼此就像是在客途上邂逅的兩個旅人。在大港市下了車後，我們就分道揚鑣了。

這次回台北考試，準備較爲充分，令我安心不少。而宛文努力在爲我們兩人安排一起出國的計畫，也讓我在荒島焦慮懸宕之心漸漸踏實下來。這次回台又聽到台大哲學系大整肅的一些具體情況，這個夏天台大整整解聘了十三位老師。而我出國計畫已定，對此竟只能感到有些心如死灰了。

「……

前不久開始看那本我表姊送的英文書《From Thought to Theme》，發覺是本好書。除了教讀者如何作文的前半部頗可一讀外，後半部的選文幾乎篇篇精采，尤其內容都是當代的美國社會問題，從 New Left 到 feminism 到 ultimate problems。我將儘快讀完，帶到台北給妳。請假事至今尚未能有十分把握，要到十日以後才能知曉，實在累人。

我發覺我對每個新環境都需要花上很大功夫去適應，或許這不是我個人問題。譬如來到機場後，我必須花時間去處理新的人際關係，學習新的處事技巧，至今可說漸入情況了，但也花掉了不少時間。

如今我是認爲愛是不能基於貪欲的，我以前是極充滿這些，而這東西極其妨礙眞愛的成長，由此我或許會對婚姻重新加以檢討，這是自我要求。另一方面我還是深信愛是需要苦心經營的，這觀念居然也出現在前面提到那本書的一篇 Erich Fromm 的選文中，令我感到極大的鼓舞。……

一九七四年九月四日晚，綠島」

「距托福考期只剩一個禮拜了，過兩天送上請假單，並沒十分把握，因同事前不久沒請得准假。希望最後一個禮拜能做最後衝刺。

提到最後衝刺，我覺得以前不懂得這東西的重要性，也可說不懂得進取。我的意思是，一個人不能百分之百地準備後才下決心更上一層。妳很了解，我一向都是擔心著自己沒能百分之百掌握什麼，以致不能放膽去進入新的領域，總覺得什麼事都需要事前充分的準備才敢做，因而可能失掉很多機會。有些人可能原本只具有百分之十的能力，但卻不顧一切上了再說，狠狠抓住降臨的機會。如此或許會撞得頭破血流，但也極可能由此而不斷提升。總是覺得準備不夠的人可能就一直逗留在原來的階段，永遠不能進入新的環境去發展新的能力，因他永遠不敢踏出舊圈子。老實說世界上的諸種成就，有多少是在百分之百的準備下開始的？這即是進取心的問題。……

一九七四年九月七日晚，綠島」

「已經請准假了，卻只有五天，可恨之極。不管如何也要好好利用這麼短暫的時日的。我還是需要先回家一趟，然後十四日再北上，會先打電話給妳。其他見面再談吧！

一九七四年九月十日晚，綠島」

「前晚在計程車上聽著〈雨中徘徊〉，也跟著哼著到台北車站去，在月台上只見蜂擁的人群。南下最後一班夜車十一點半進站，才發覺裡面已坐滿了人。不過我寶刀未老，還是一馬當先跳上車，佔到了僅存的空位。一路上在萬般惆悵中睡著了，到台南已是早晨七點，回家便又倒頭大睡。昨天是我祖母祭日，來了不少親戚，而我醒後只能胡亂吞些菜餚就又趕著搭車到台東，今早便搭機回到綠島了。

這次在台東只待一晚，與上次大不相同，心情也有差別，而妳的倩影卻始終如一。想著妳穿著那件新買的紅上衣、妳的新短髮、妳的笑靨，眞怕這些會從手中溜走了。眞像初戀時的喜悅，把這雙對妳那麼熟悉的手拿到鼻邊聞聞，居然也聞到了妳的氣息，如眞似幻。……

一九七四年九月十九日晚，綠島」

「機場同事也過海休假了，起碼要十天才會回來，這裡只剩我一個人鎮守，雖不免忙一點，但清閒時卻十分愜意，尤其整個晚上就是我一個人，自由自在得很。

幾天內會把《From Thought to Theme》與《The Problems of Philosophy》寄給你。前一本的前半部有空可翻翻，後半部的文章選讀則很精采，當中的「Male and Female」部分妳一定會喜歡。後一本我寫了一張導讀夾在書頁裡給妳參考。妳已感染過一些存在主義的東西，再來嗅嗅這種分析哲學，看看感受如何？我覺得在我生命裡，兩者是不相衝突的。

前天就接到妳的信了。不免雀躍一番，再三咀嚼，覺得情長意濃。妳這封信是篇很好的小品文，讀起來一字一句都很輕柔，讓我感到極大的喜悅！不知是否有客觀上的變化，妳這封信讓我感到前所未有的一種寧靜的喜悅。或許我本身已丟棄許多包袱，而妳現在也很令人感到一種自足自信的優雅吧！覺得妳是在活得很舒暢自知之中寫出來的。

我現在想到妳，就想到剪短了頭髮、穿那件新洋裝的妳，很像個小婦人的妳，感覺很年輕，但不是嬌縱的年輕，而是一種屬於智者的年輕！

妳說我內化許多，當時我並未察覺，但我是自覺到現在已較能駕馭自己許多了，妳這麼一提，令我很高興！

……

一九七四年九月廿五日晚，綠島」

風雨之秋

「昨天颱風來襲，把我累慘了。同事休假回台，這裡只有我一個人應付，雖然飛機停航，卻鬧水災。機場地勢較低，又是出海口，幸好航站建得高。結果是從昨天中午起，這棟房子就變成水上浮城了，周圍一片汪洋。雖沒淹進屋裡，但強風卻帶進大量雨水，屋裡積水有一吋深。入夜後又停電，漆黑一片，忙著把積水搞出去，最後放棄希望，一睡了之。早上醒來風平雨歇，可是床卻像浮在水面上。……

一九七四年九月廿八日中午，綠島」

「今天中秋夜不知妳怎麼過的？在這裡我一個人獨守空屋，雖有許多聚會與節目可去，但實在不願此安寧被打擾。一個人，天氣好極了，只是少了妳，千里共嬋娟的情懷不免而生。我忘了以前我們是怎麼共度中秋的，居然毫無印象。

這幾天一個人應付著，加上過節旅客趕著回去，吵吵鬧鬧，情緒較難控制。昨天居然同一位中校吵起來，雖然再下去也是他吃虧大，但事後我自己很驚訝居然當場克制不住自己的情緒，甚至拍桌子，而毫無考慮到後果。事後一直爲這件事耿耿於懷。

一九七四年九月卅日中秋夜，綠島」

「……

自台北考完托福回來後，似乎感覺著某種鬆散的 euphoria，覺得完成了一件大事，讓生命偏離了原訂的目標，結果是讓此地侵擾太多。我發覺我難以同時把持住對『台北』的關切與對『此地之我』的操慮。

我在這裡並不覺得日子難捱，只會感到一分一秒過去的恐慌。每天固定的作業，處在一種等飛機的心理下，早上很快地過去，而下午也往往在朦朧中度過，所剩的時間只能拿來多念幾頁書，而竟有時不知所讀何物了。晚上睡前所懸慮的是這裡一些人情或職務的瑣事，這種狀況持續一陣了。

學校裡的人際關係極爲單純，而此地的人際關係卻眞的啃蝕著寶貴的生命。在這種人際關係裡，孤僻是很危險的，接受與付出、權勢與卑下特別明顯，每件事都必須納入這種考慮。我很羨慕妳現在的環境，我從沒有過的。妳信上如此描述，我一邊爲妳高興，也一邊逕自哀傷起來了。

一九七四年十月七日晚，綠島」

「這次颱風雖沒過來，但也帶來數天的狂風暴雨，使飛機停航三天。還好同事休完假回來了，不像上次只有我一個人在，兩個人總是好些。但還是進水了，不多，因為四周的窗戶都用建築模版封起來了，也減少晚上睡覺時的恐怖感。白天裡面黑漆漆的，濕氣很重，甚至有些霉味。雖然雨停了，風還是不小，總是七八級。

最近來我一直找機會讀書，譬如值勤空檔就讀《法國大革命史》。上次讀完那本小書後，本想讀一本分析學派的知識論文選，一本很硬的書。結果卻拿出Levi的《Philosophy and the Modern World》較不那麼難的書來讀，並且一下子就沉浸其中了。雖然寫得不是很好，這種將當代學問無所不包地匯聚在一本書裡，很對我胃口，所以就一章一章迫不及待地讀著，竟已讀了一大半。

因此從『量』說，我勤於讀書，生活並不空虛。但從『質』方面說我卻感到十分空虛。因為除了對書上所談有所確定外，我對自己的生命卻毫無知覺，對這世界也毫無評斷，似乎處在一種懸空的狀態。

以前雖然我讓成天的時間在沮喪或困思中度過，但那時我感覺到生命是抓得緊的，自我意識很旺盛。最近的日子，我心裡有個結，即是懼怕時間浪費了，因此無時無刻不逼自己K書，在這種單一動機的狀況下，我倒感到有些空茫，抓不住自己的生命。自我意識與對工作的投入兩者似乎對立了，尤其我所投入的是哲學，而我所付出的精力卻與極需要自我意識的哲學思考相抵觸。我一邊讀著，讓自己沉浸其中，為那種清晰嚴密的闡述分析所懾，一邊卻又焦灼於如何與我現在的生命情境相配合。總覺得有一些勉強，有一點不自在。我心似乎懸空，自我意識與委身介入（commitment）竟是對立著，這是個生命之謎。我怕在『委身』中失去了『我』！

妳讀經濟學可得到一種求知的肯定，但我讀哲學卻不感到求知之樂，我讀書所得是面對宇宙的玄妙幽冥的顫懼與憂心。書中所呈現的對我而言絕非只是單純的宇宙面貌，而是針對我原本就有著的內在問題。

我是發覺我生命的統一性與自覺性主要還是在於我強烈的自我意識作用。似乎一天缺乏這個，生命就中斷了一天。在我自我意識充沛的時刻，我想著妳，不管痛苦或快樂，總是有所言的，有所言於這世界的一部分。而這幾天來我卻無所可言，直到今天。

……

昨天在《徐志摩文集》裡讀到他要陸小曼將日記當成對他的傾訴，我想何不換個說法，何不將我對妳的傾訴當成日記一樣寫下。在我的信中融入每天的思慕與自省，就不會有這些日子來的狀態了。

一九七四年十月十三日晚，綠島」

孤懸海上的荒島不時會遭受狂風暴雨的侵襲，這時就會海空交通斷絕，機場航站空蕩蕩的只剩我們兩個特檢官枯守。

一九七四年七八月的盛夏，雖然來了幾次颱風，但都只是從邊緣掃過，對荒島只有裙角餘威的影響。不過卻經常颳起西南風，強勁到有時竟像是來了颱風，只是這種無雨的狂風常把人吹得頭昏腦脹。

到了九月下旬中秋將屆的時候，終於來了一個范迪颱風，它在南海發生後就直撲台灣而來，然後沿著東台灣海域北上，打了個大彎，在東北海岸的三貂角登陸。

這雖只是個輕度颱風，但孤懸東台灣海域的荒島則被全盤籠罩、徹底刷過一遍。這是我來到荒島所遭遇的第一個颱風，而且就在我獨守機場小屋的時候，因為我的機場夥伴劉少尉就在颱風來的前幾天，終於請准了假回台灣去了，要到過了中秋才會回來。

風聲燕語

在這個秋颱即將來襲之前，飛機早已停航，接近午時外頭風雨漸次增強，我獨自窩在航站小屋的臥室裡看書，突然注意到候機室那邊傳來嘰喳之聲，原以為窗戶還沒關上，風雨吹進來一些，不以為意。然而聲音漸大，好像吹進來的風雨不小，我不得不起身察看。

我才走出房門來到候機室，就被眼前景象嚇了一跳。沿著候機室天花板下面不到一尺距離的牆壁上，原就釘著一圈不知做何用處的木條，繞著整個候機室，這時竟密密麻麻停著一圈暗黑色的小鳥在顫抖鳴叫。幾盞日光燈罩上也停了不少，還有好幾隻在候機室裡飛來竄去，設法擠進牆壁木條與日光燈盞上所剩不多的空位。原來嘰嘰喳喳的聲音就是牠們發出來的。

我仔細觀察這些小鳥，發現是燕子。每一隻都被風雨淋成「落湯燕」，原來烏亮泛藍的羽毛都被風雨淋得失去光澤，成了隻小黑鳥。牠們或者趴在光滑的燈罩上，或者面朝牆壁用腳爪奮力抓著那窄窄的木條，露出暗黑的背羽與剪尾，幾隻飛在屋內的則露出牠們較爲白皙的胸腹，最後也都找到位置擠了進去，而每隻都不停地以特有的呢喃燕語鳴叫著。

滿屋子的燕子令我驚嘆不已，平常在這荒島我並沒特別注意到有這麼多野鳥，如今牠們卻是這麼一大群，闖入這個小天地。屋外開始颳起強風，雨水開始滲入屋內，我必須關起門窗，卻一時不知該不該全部關上。外頭風雨交加，我驚嘆著這群嬌客會在這時辰來與我作伴，也慶幸我這個獨處荒島海邊的航空站，能在風雨中提供牠們一點庇護。遂決定讓一些背風角落的窗子繼續開著小縫，以便牠們能隨時由此出入。

這天午後，我發現整個機場小屋周圍都已淹水，這裡地勢本來就低，較高的機場跑道看來也成汪洋。幸好小屋地基甚高，屋外鬧水災並沒淹進屋裡。入夜之後風雨還是不斷，屋內進水嚴重，而電卻停了。我起先還摸黑忙著把水舀出去，最後放棄希望，一睡了之。然而臥室裡面我的床鋪是靠窗的，也開始滲水，幸好還有機場夥伴那一張不靠窗的床鋪，我就移過去暫用，而在燕子的細語呢喃與外頭的風雨聲中沉入夢鄉。

隔天醒來，我發現屋裡連夜進水達一吋深，眠床像是浮在水面上。然而外頭竟是風歇雨止，煙斂雲收，還出現幾道陽光，天氣也變得清爽。但是呢喃之聲卻已不再，候機室一片靜悄悄，燕子一隻也不見了。牠們從我開著的窗縫飛走了。

在這入秋時節，這群燕子應該是在成群結隊往南遷移的旅途中。我想像著牠們的遷移路徑，牠們來自北國之域，沿著台灣的山脈南飛，在台東海岸出海，竟就碰上了暴風雨。他們在飛越巴士海峽，繼續飛向菲律賓群島時，得奮力穿越這暴風雨，在這過程中可能沒有太多隻能倖存下來。然而他們卻又恰巧過境這荒島，及時覓得海邊的這棟孤零的房舍，而房舍主人也正好讓門戶洞開，讓牠們能暫時遮風檔雨。

風雨雖停，但屋外積水未退，而更嚴重的是屋內積水與鳥糞，我必須用畚斗一杓一杓地舀出屋外。忙了半天，清爽的天氣卻只是短暫的寧靜，北走的颱風順便帶進來強大的西南氣流，荒島又颳起了帶著濃濃鹽分的西南風，吹得人渾身濕黏黏的。

這次的范迪颱風來去甚快，卻帶給荒島不少災情。機場水災帶來的麻煩還是其次，指揮部裡就傳來更大災情了，其中最大的是有一堵隔開指揮部與八卦樓的高牆倒塌了，而且壓死了人。

中秋之怒

颱風過後很快來到十月初的中秋，天氣竟也回復了秋高氣爽的日子。中秋前夕，加上颱風過後飛機復航，機場湧來了好多趕在最後一刻渡海回台過節的乘客，整個機場航站從一早吵到下午，已經飛了好多班次，還是沒能把旅客完全送走。旅客趕著回台，不少沒預先訂位的就擠在高太太的櫃檯前磨蹭，求著她給個機位。過海休假的夥伴尚未回來，我一個人在機場獨撐大局，也跟著忙得暈頭轉向，心浮氣躁。

以高太太的性情要應付在機場出入的一些牛鬼蛇神，有時不免顯得心餘力絀。在這個年代來此地的觀光客不多，良善的鄉民也未能帶給她困擾，公家的與探親的，算是從機場出入的最大宗的，則屢出麻煩。

荒島渡海的航班情況是隨著天候變動的。在天氣良好時，多開幾班本是航空公司的賺頭所在。然而天氣一有些微變動，那些小飛機往往就飛不過來了。而這些公家的與辦事的人來自五湖四海，多少經過一番閱歷，遇到這種減班情況，總會擠在台航的辦事台前，為機位事爭鬧不休，每每搞得高太太左右為難，甚至拖延了登機手續。碰上這種情況，我雖然不高興，卻只能靜待一旁，不願干涉她的業務。

中秋節前夕的這天下午，指揮部裡的一位中校軍官急著要過海，然而這已是今天最後一班飛機，高太太也完成了這班飛機的乘客名單，大家在候機室等著飛機飛來。最後班次的名單上並沒有這位軍官，他急得在櫃檯前對高太太糾纏不休，顯然是臨時才決定要走的。

他注意到這班次上有些他認為可以取代的鄉民，遂搬出各種非搭這班機不可的理由，要求換下一位鄉民，由他取代。高太太婉言拒絕。

「我這是出差辦公事，你不能耽誤公事。」他步步升高要求，抬出了公家理由。然而我已看穿他只不過是休假回台，而且是在最後一刻才獲得准假的。

「那你有沒有公文給我看看呢？」高太太還是客氣地反問。

「你要什麼公文？我回指揮部去告你，他媽的！」他提不出公文，倒是惱羞成怒，罵起高太太來了。

我站在櫃檯旁邊，對這種糾纏看得多了，原本不以爲意，只是覺得這傢伙難纏，令人討厭。然而當他擺出官架子，威脅起人來時，我突然冒起三丈無名火來，碰的一聲，將手往櫃檯桌上重重一拍，厲聲說：

「你吵什麼！」

全場鴉雀無聲，他也被我這突然而嚴厲的舉動嚇住了，當場楞在那兒說不出話來。而我也立刻驚覺到，我這個小少尉竟在當面斥責一個身著軍服的中校，不免爲自己的衝動捏一把冷汗。然而我並沒有退讓的空間，只能擺出架勢，瞪著他繼續說：

「這裡是機場重地，你在這兒囉唆什麼？有什麼事到指揮部去說！」

他似乎感覺到我的話語帶威脅，口中嘟囔兩聲後，摸摸鼻子、灰頭土臉地退了出去。

這天下午終於送走了最後一班飛機，整個機場又恢復了安靜。我一個人獨守機場，剛才與中校軍官拍桌怒斥的那一幕讓我耿耿於懷。雖然我對自己在機場的權威並無全然的自信，但從他退場的姿態，我心裡估量著他是不敢鬧到指揮部去的。我一邊咀嚼著「不怕官，只怕管」這句俗語，一邊思索著權力關係的複雜意涵。

荒島的中秋之夜天氣眞是好極了，我一個人在吃過鄉民送來的月餅與柚子後，獨自一個人在屋外散步。月娘高掛夜空，星辰滿天閃爍，小蟲也到處鳴叫。這是荒島難得的好天氣，而我也第一次體會著千里共嬋娟的心情。

捧著父親回家——父子之間（一）

這一年的颱風或者不來，一來就接二連三。秋颱范迪之後，過了中秋不久的十月中旬，又有一強烈颱風形成，也朝東台灣方向而來。整個荒島都警戒起來，我心中卻暗暗企盼著或許會再飛來什麼樣的候鳥群。

就在這個強烈颱風逼近之前，機場忙著送走停航前最後一批乘客。一個旅客捧著一個盒子來到候機室，等著搭飛機回台灣。我檢查那盒子，裡面竟是一罈骨灰。這旅客看來已經三十多歲了，他說是來領取父親的火化骨灰。原來他那關在八卦樓的父親，在這次颱風吹垮了的那堵指揮部高牆時，正被派在那裡進行維護工事，就這樣被崩塌了的高牆給壓死了。

他父親已經關了二十多年，來不及出獄就遭此橫禍，遺體應是在山崖海邊的勵志洞火化的。我檢查身分時又發現，這位來領取骨灰的兒子也已經改了姓，或許是母親改嫁之故，我竟不忍多問。並非所有的家人最後都可以來帶領出獄的親人活著離開荒島。

隔天颱風逼近，天空日漸陰沉，大氣開始騷動，機場突然出現了一隊指揮部的人馬，帶來大大小小的建築模版，把航站小屋所有的窗戶全都封死了，連光線都難以透進來。原來這是我們長官的防颱之道，我也只好放棄提供候鳥庇護所的奢念了。

結果這次颱風在最後一刻轉向了，卻也帶來數天西南氣流引來的暴風雨，飛機停航數天，渡船更是多日停擺。暴風雨中，我們安全地躲在被模版封死的幽暗房舍裡，雨水還是滲了進來，卻也聽不到什麼呢喃燕語了。而封了幾天的小屋也開始累積濕氣與霉味，又停電了幾天，簡直像是被關在禁閉室裡。

後來模版終於拆了，但天氣還是一樣惡劣。飛機看一時天候，等著風雨較小的空檔勉強飛來，甚至就整天停航。整整一二個星期沒能洗澡，後來受不了才在屋外接了一桶雨水，洗掉一些身上的霉味。內衣褲卻都換光了，洗了的也沒得晾曬。幾個禮拜後有一天上午突然出現陽光，兩個人忙不迭地洗衣晾衣，然而一到傍晚風雨又來。

荒島上的青菜也都吃光了，水果之類更是多日不見蹤影，船又開不過來，開始天天吃花生米、蘿蔔乾與鹹魚。整個荒島的奶粉都已售罄，有一次，有人從台東帶來麵包土司，竟然也令我飢渴地狼吞虎嚥起來，竟遺憾沒有牛奶相配。

到了十月下旬，又有一次颱風的裙角掃過荒島帶來暴雨，台東的鐵公路柔腸寸斷，而飛荒島的航班又得停飛數天，指揮部則又派人來將小屋用模版封死。

整個十月份，在每個暴風雨之間、西南風停歇的日子，開始颳起了東北風，預示著入冬季節的來臨。荒島冬天的東北季風又是另一番風雨，北風的強勁也是經常讓渡船停擺、飛機停航。中秋之後幾乎整個秋冬之交的十月份，就在這種南北氣流輪番交迫的惡劣天氣下度過，甚至有一天突然颳起一陣狂風，把機場航站大門的大玻璃吹破了。

如此竟月風雨不斷，渡船幾乎全部停駛，班機是飛飛停停，更讓人覺得荒島的孤立無援。

望眼欲穿

竟月風雨的有一天，航站裡的每一個人面對著那灰濛濛的天空，都望眼欲穿。病人的家屬尤其心焦，他一早就被抬到這裡來等飛機，然而強勁北風下的惡劣天氣卻讓每個勇敢的駕駛員氣餒。我們已經等了一整個上午了，天氣還是沒有好轉的跡象。台航的高太太忙進忙出，幫著聯絡對岸的航空公司與台東機場，探聽飛機飛來的可能性。得到的消息只能是，機師已經在機場等待了，只要天氣一有好轉的空檔，他就立刻飛過來。

病人得的是某種慢性病，這兩天情況突然惡化，荒島的所有醫療資源都已救不了他了，卻不巧碰上連日的暴風雨，海空交通全部中斷。雖說今天天氣稍稍好轉，卻還沒好到讓機師得以逞勇的程度。機場邊的那把風向旗從一早到現在都一直在空中亂舞，毫無停歇跡象。

過了午後許久，吊著點滴躺在擔架上的病人已是奄奄一息，還數度嘔出黑紫色的血，滿臉慘白幾近垂死狀態。衛生所的高醫師趕來打了一針強心劑，而飛機卻還是遲遲不來。我看看天色漸沉，都已接近黃昏時刻，而風雨還是不停，擔心著他是否還能拖過今晚。每個在候機室的人這時都黯然無語、心情沉重，幾近放棄希望。

然後，像是奇蹟突然出現。輪值的王士官長從機場跑道跑過來，高興地呼叫著：

「飛機來了！飛機來了！我看到了！」

當這天下午我們得知機師已經在台東機場等待天候好轉時，王班長就佇立在機場空曠處瞭望陰沉沉的天空，搜尋著飛機的蹤影。

大家一聽，都興奮地衝出去，也顧不得外頭仍是風雨交加，然而天空仍然是灰濛濛的一片，哪來飛機？

「就在那裡！就在那裡啊！」王士官長用手遙指南方天空，興奮地叫著。

我們隨著王士官長的指示，向機場偏南的上空望去，果然看到一個飄浮在空中的模糊黑點，這個黑點逐漸降低、旋繞、迫近而慢慢變大，最後終於清楚顯現，確實就是台航的小飛機。

飛機停妥後，下來的正是我心裡有數的吳機長，在這種惡劣天氣下只有他會冒這個險，也只有他能有這種風雨無阻的飛行技術。

大家都很高興，而病人一息尚存，還頑強地撐著，至此家屬們更是寬心了。我們終於釋然目送吳機長駕駛著載著病人的小飛機，顫顫巍巍地又衝回風雨不止、逐漸黯淡的長空。

吳機長的特技

荒島的南北向飛機跑道夾在山海之間，接近熱帶的氣流並不穩定，風向也飄搖不定。這種型態的天氣，尤其是在颳北風的日子，對小飛機駕駛來說相當不好駕馭，對乘客而言就更不友善了。而這幾天正是西南風停歇而轉颳起東北季風的日子。

雖然與台灣的飛行距離不過一二十分鐘，但當這麼一架小飛機衝上天空，或滑下機場，經常碰上不穩的氣流，飛機就會震動得讓乘客以爲整個機身都要散開了。即使機長總是面無表情，十分篤定地飛上飛下，每次搭乘總讓我覺得是在賭命一般。

在這些外島航線的機師之中，吳機長的飛行技術確是一流。其他的機師在颳北風的日子，總是在飛機迫近荒島的時候，規規矩矩地將飛機飛得高高的，從南方對準跑道，筆直地慢慢降落。若側風一強，整個飛機就開始顫抖個不停。第一次如此下降的經驗，就讓我緊張得以爲飛機眞要散掉了。

後來我有機會搭到了吳機長駕駛的班次，才發覺到他確是有另一套高超的駕馭之道。當飛機飛臨荒島時，他並不死板地將飛機飛到跑道南方高高的天空中，再緩緩穿過側風與亂流的考驗。他採取一種側身低壓的方式進場，在飛上南方高空的半途，他及時將飛機往左一拐，斜側著機身，用急轉彎的角度從中斜斜插入飛機的南方下降路線。如此避開了高空上的側風與亂流，雖然乘客會感覺到有如雲霄飛車般的急轉彎，飛機居然沒有太多抖動，就乾淨俐落地從機場南端滑翔而降了。

吳機長對他這項絕招十分得意，他這人也是一副愛現的樣子，不時還會引誘我說：「特檢官呀！我下一班要飛蘭嶼，機上還有空位，要不要跟我去啊？」

他長得短小精幹，機師制服總是十分貼身而筆挺，一頭烏黑的濃髮呈波浪狀，往後梳得整整齊齊的，露出微微上禿的天庭。曬得古銅的膚色，再戴上一副墨鏡，總是咧著嘴笑著，還露著一顆金牙，確是有點風流氣質。他出身菲律賓華僑，難怪帶有這般南洋風味。年輕時回國參軍，空軍退伍後，就來駕駛台航的小飛機。而這些小飛機在他的駕馭操控下，似乎已成了他的大玩具。在那個風雨交加的下午，也只有他敢於開飛機過來救人了。

一樣的月光

終於來到十月底，離中秋整整一個月了。這天竟是大晴天，在飛機班次結束的午後，我突然想起已經多日沒去郵局了。當我跨上摩托車準備去郵局一趟時，皮鞋趁著晴天正巧溜達到機場來。

自我調到機場之後，這裡就經常有指揮部的人來訪。指揮部的長官除了來搭機過海外，並不經常來巡視。經常來的卻是我原來在隊裡的那些夥伴們，機場成了他們出來散心的景點。皮鞋除了會來找我談天唱歌外，也會爲我帶來指揮部裡的小道消息。

分隊附李孟良也是經常來廝混的一個。他每每帶隊經過機場時，就會找機會跳進來，依然咧嘴露出那門牙縫，熱絡地打個招呼，然後就一溜煙地追著部隊去了。三不五時我也會聽到他又犯了什麼過失，每次都替他捏把冷汗。

「要一起去郵局嗎？我正要去檢查郵件。」我看到只有皮鞋一個人來，就如此問他。

「好啊！」他回答著，一腳跨上了後座，跟我去了郵局。

郵件檢查是綠島機場特檢官負責的另一項職務，就是代表指揮部來到位於南寮的郵局進行郵檢，目的是偵察有無人犯串謀逃亡情事。這項職務本來規定要經常執行的，然而我們兩位卻幹得無精打采，總是過些日子之後才想起，互相推託。每次去到郵局，也只隨便拿些好拆的應付了事，當然是查不到任何陰謀串逃的蛛絲馬跡。

我用來拆信的是一把精緻的牛角刀，是在北投受訓時隊上的年輕輔導官推介購買的。細細小小一根，一端尖銳，一端扁利，好像一支簪子。用它來拆開黏好的信函比較不著痕跡。

這天我就帶著這支牛角刀來到郵局進行郵檢。皮鞋陪著我，看到我用起這小刀得心應手，十分羨慕。他在隊上也負有檢查隊員信函的任務，卻無此利器。

入夜之後月娘又高高掛起。已經是整個月來沒能洗次像樣的澡了，這天晚上，我在月光的引路下來到沙丘上的水井，大洗了一次曠野的露天浴。淒清的月光灑滿全身，涼風微微吹拂，冷冽的井水更讓人有著說不出的況味。

「……

建築模版折了，但天氣還是一樣惡劣。衣服穿光了沒得換，有的甚至發霉了。也吃不到青菜，船又開不過來，天天吃土豆、菜頭與鹹魚。外面的風又是那麼放肆。

爲留學申請，妳實在忙累了，要跑這跑那，寄這寄那，我覺得很愧疚，就是他媽的困在火燒島。希望妳能維持一個良好的狀態，累的時候，想想將來，想想世界，讓整個心情寧靜下來。妳要我辦的事都會竭力辦好的，勿念。

一九七四年十月十六日晚，綠島」

「不僅天氣霉氣得很，人也霉氣得很。今天飛機飛不得，給家給妳的信都無法寄出。不僅如此，今早突然來陣狂風把大門猛然吹開，把玻璃打破了，價值一千八百元，責任追究起來甚爲麻煩，還不知該怎麼辦。所以今天心情十分低潮，其他倒楣事不提也罷！

今天用大水桶到屋外盛了一桶雨水，勉強洗了個澡，換了套衣服，不然身子也要發霉了。

對於自己被塞入一個制度，歸屬一個權力機構越感不耐了。我是一直在圓磨自己，假裝能夠適應，然而卻覺甚爲可厭。感到自己一生一世是不屬於這一種人的，我想我永遠不可能成爲制度的一員，不管是怎麼理想的一種，這點似早該覺悟的。……

五年沒聽中廣晚間節目了，高中時我是常聽的，剛剛撥到那裡，竟依然是五年前的

『忘憂谷』，主持人好像也是同一個，勾起陣陣鄉愁，混糅著對妳的綿綿思念。

一九七四年十月十七日深夜，綠島」

「妳十六日的信我今天才收到，東部鐵公路柔腸寸斷，耽誤了很多時間。今天早上出了太陽，就忙著洗衣服曬棉被，然而一到傍晚風雨又來了，有點入秋的感覺。

破玻璃找出一個解決辦法，我們自己出錢，不往上報，但也要費一番手腳。……

有空時讀《法國大革命史》，興味極濃。以前對這些歷史事件總只是用一個很大的視野去看，對那事件的過程不甚了了，這對讀書人是極危險的，往往爲自己的一廂情願所誤導，所得的見解總是不落實，這是讀這本書給我的啓發。就如對現在社會的觀點一樣，不去親身體會，專從幾個觀念去理解，挫折與尷尬不免會相隨而至。

我是極希望你讀那本哲學概論的，不僅只是爲了求得某種學問，更是爲了自己的一種知性的發展，使自己能將現有的支離破碎的觀點整合在一個體系之內。我們此地的教育與社會環境較不容易如此，只有自己去找來這種知性的刺激。不管是否要成爲一個所謂的哲學家，我是自覺讀哲學對我這方面的發展有很大的幫助。

……

一九七四年十月廿日晚，綠島」

「……

飛機因颱風又斷航兩天了，這個月眞是霉月，找不出幾天好天氣，屋裡照樣浸水，東西照樣發霉。這樣也好，我照幹自己的事。只是所有消息都斷絕了，只希望明天能復航，快快帶來妳的信，帶去我的信。

……

一九七四年十月廿四日晚，綠島」

「昨天陰偶雨微風，但今天又颳起大風迫使停航，看明天還是會如此，眞要命！

……

一九七四年十月廿七日晚，綠島」

「……

今天是個大晴天，晚上月亮亮極了，中秋一過又是一個月了。在曠野中露天洗澡，讓月光灑滿全身，迎著微微的涼風，這種滋味是說不出的淒清。

前幾天天氣壞極了，狂風暴雨。爲著一椿急事我騎機車回指揮部，沿路看到的是天氣預報所言的猛浪到狂潮。長在台灣島上四面環海，卻從未見過如此景象。看那種狂暴的浪潮凶猛地打在沿岸凸起的大礁石上，實在令人痛快得很，雖然打在臉上的雨點就像小石子那樣令人痛得難受。

生活在這裡對大自然是很敏感的。有時惡毒的太陽曬得你無處可躲，甚至出去舀桶水也會令暴露在陽光下的皮膚感覺有如針刺般炙痛；有時候滿天的星斗密密麻麻到讓你覺得恐怖；要不然就是狂風暴雨一連十多天，什麼東西都發霉了，什麼新鮮的東西都吃光了。

天氣好的時候，滿屋子的小蟲到處爬呀爬的，從你的褲腳往上鑽，從你的衣袖往裡爬，總是讓你覺得身上某處有蟲兒在蠕動。不然就是蒼蠅死命地糾纏你，揮都揮不掉。這些東西實在不是以前窩居都市時所能遭遇。

雖說我曾說過這地方眞不是人活的，但老實說，那些拍岸巨浪，那些滿天的星斗，那些秋水共長天的晚霞，那種帶著鹹味的呼嘯南風，那群老是站在牛背上的白鷺鷥，還有那次颱風時飛進屋子裡的燕子，總總那些大自然的片段，讓我開了眼界與心胸，解脫掉一些荒島的鬱悶與瑣碎。

……

一九七四年十月卅日晚，綠島」

無怨無悔

「本來說是要飛的，等了一個多鐘頭，卻又來電話說不飛了。從昨天起颳起強勁的東北季風，交通中斷原因在此。聽說此地冬天這種勁風是常事，交通斷絕、青菜吃光、整個島一片蕭瑟。

今天在一大群望穿天際焦急地期待看到飛機影子的旅客中，有那麼一對男女。男的中等身材，黑而矯健，已是五十多歲了，女的很年輕才二十二歲。他們穿著一樣的褲子，一樣的毛背心。女的很溫柔地攙著男的手臂，就像在台北看到那般平常，在此地卻是令人側目。他們等不到飛機而離開機場，我遠遠地看著他們的背影消失在村子裡。對我而言，卻有著另一番滋味，覺得很鄉愁，想起台北的種種。

聽說我被選上巡迴教官，不知是好是壞。

風還是很大，不知明天會不會帶來妳的信。

一九七四年十一月一日晚，綠島」

「妳的便條收到了，嗅出妳甚爲惱怒的味道，我心裡也不免難受。收到妳這些字，我確實有點信心動搖，連個申請的小事都搞不好，還想留什麼學。不過想想，這畢竟不是新毛病，而是多年來殘餘下來的尾巴，我是如此爲自己打氣。不過希望不管妳對我抱何態度，也要把我的毛病說清楚。我不敢自命瀟灑，能把一切事情做得乾淨俐落，更不敢說自己能承受得住所有壓力。在夾縫中求生，希望妳多透點光線給我，只敢存此奢望。如果我托福成績不好，希望妳不要太過惱怒。

一九七四年十一月二日晚，綠島」

亂世佳人

第六中隊的莊進福經常會跟著皮鞋來到機場。然而在暴風雨的十月，他有幾次卻是單獨來到，所謂單獨是說他沒跟著皮鞋來，然而身邊卻多了一個女孩，一位住在指揮部旁公館村的女孩。

對於他們倆在一起，大家都很驚奇，一談起來就會不可置信地說「他怎麼連那種女的也要，長得那樣子，又那麼三八，而且還帶蝦龜呢」！那女孩是荒島一戶漁民的女兒，有點哮喘，又有些輕微失神，總是帶著笑容。大家都想不通他看上了她哪一點，以爲只是飢不擇食，然而他對別人的側目並不以爲意，兩人的關係越來越親密。

進到荒島冬日的有一天，莊進福與皮鞋又一起逛到機場，兩個人神情嚴肅地交談著，不若平常來到這裡的嬉笑狀。我以爲又有他們什麼人在指揮部出事了，皮鞋悄悄對我說「他把人家的肚子搞大了，我們正勸他帶她過海去拿掉」。張皺著眉頭、神色憂鬱，顯然爲此心煩不已，不似平常和顏悅色。

然而過了幾天，張又恢復了平常神情，甚至帶點欣喜之色。原來他已決定娶她爲妻，在這荒島成家。他甚至宣稱他們一家將在這荒島待了下來，世界邊緣的荒島對他可是個遺世獨立的桃源。

閃躲的目光

六隊預官我的老同學王舜傑也是機場的常客。在荒島鬱悶無聊的日子裡，他養成了長途散步的習慣，每天晚飯後就會與同隊的另一名預官走出營區，往中寮的方向前進，走上很長一段才回頭，如此來回可以走上一個多鐘頭。有時他們就會走到機場來聊聊，並帶來一些營裡的消息。

也是在過了十月風雨之後的一個清朗深秋，他們在晚飯之後又出現在機場。我在入秋風雨以來很久沒見到他們了，正高興他們來訪，卻見兩個人都滿臉沉鬱，不甚愉快。

王舜傑一進門就憤慨地說：「你知道嗎？柯旗化這次考核竟然沒過！」

我聽了不禁傻住了，困惑地說：「不是都已經講好了嗎？」

「就是李××，實在太過分了，竟然不讓柯旗化過關。」

「怎麼會是他在阻礙呢？」我一臉茫然。

夏天時，柯旗化曾幫指揮官的女兒補習英文，入秋之後也早已重回福利社工作。那些日子，我們就聽說他的年度考核已屆，他是前一年十月從八卦樓過來的。王舜傑那時就曾提起：「他被送到這裡來已經快滿一年了，我們隊部長官對他印象不錯，聽說指揮部的長官，包括政戰主任，都同意應該放他走了。」政戰主任都同意放人，那就應該是沒有問題了。難怪前些日子偶而在營區見到柯旗化，可以感覺到他那一臉鬱結之氣減輕許多，也可看出那一絲企盼的神情。我私下慶幸著他終於可以被釋放，可以與妻兒老母一家團員，心中十分欣慰。

接著十月風雨，機場的事情特別忙亂，直到今天再見到王舜傑時已經過了些時候了，卻看到他一臉沉鬱來述說柯旗化的事。

來自麻豆的李少尉是我們一夥十九個人中，與王一起分發到六隊的同期預官，長得矮壯卻有一張秀氣的臉。他平常的作爲給人處事認眞的印象，被隊部派去管福利社。也因此，在福利社工作的新生與隊員的考核的第一關卡，就掌握在他手裡，尤其是新生。

在那之前，我們確曾聽說過他與柯旗化的關係不太好，曾因小事而齟齬。想起柯的那倔強不馴的眼神，而李又是那副心思單純辦事認眞的樣子，兩人會有緊張的關係，並不難想像。然而對我們而言，這些只是個人小事，不應該影響到柯的出獄考核的，不曾想過李少尉竟然會因此而不讓他走？這卻是令人震驚而憤然的。

王舜傑抱怨說：「我們隊上與指揮部其實都想讓柯旗化走了，沒想到竟然被他卡住了。柯旗化不知在什麼地方得罪他了？可是他也不應該搞得這麼絕啊！」李少尉做爲一個柯旗化的直接長官，若在考核上不給他過關，上面的層層長官們也只能徒呼負負，當然不敢擔起讓他過關的責任了。一個單純的小預官竟如此操了柯旗化這一年的生殺大權！我聽了悵然良久，想不到竟然事與願違，他又要再等一年接受考核，也不知有無竟日。

過了兩天，我有事回指揮部。辦完事後，我不由自主地往福利社走去，我知道不可能安慰他，而且恐怕也傳遞不了同情之意。我只覺得有股驅力一定要去看望他，不管他是否知道我的心意。

我來到福利社前，頓時步履躑躅。我走進去，看到了一張變得更爲慘白、更加黯然的臉。他見到有人進來，但內心中翻攪的悲憤卻讓他再也無法擠出那勉強的笑容來。我不敢與他正面相視，而他似也在閃躲別人的目光。我又再次感到挫敗，踉蹌地退了出來，而他那張緊抿著的無言的嘴，以及那雙充滿著悲切與怨恨的眼神，卻永遠銘刻在我心底。

高貴家族——父子之間（二）

初冬的一個陰雨綿綿、朔風野大的日子，從本島飛來的這次班機顫顫巍巍地降落。從飛機上下來了立即引起我注意的兩位女士，荒島無由的狂風吹亂她們的髮絲，揚起她們的風衣裙角，她們卻還保持著高雅的姿態。

在核對身分的過程中，那位年紀較大、長得較高的女士的姓名，從她的身分證上猛然跳了出來，讓我心中怦然一動。啊！原來他眞的關在八卦樓裡！

每次我經過八卦樓總會遙遙瞻仰，心裡默念著那幾位我熟知的人物，雖然不知道他們是否就關在裡面。而今天，從這位高雅女士的名姓與年紀來看，就知道必然是他的姊姊，而他——陳映眞的確就關在裡頭，我心頭頓時慌亂起來。

這是我第一次碰上陳映眞的親人來探望，頓時又讓我思緒洶湧，投向那八卦樓。我努力按捺著，不在她們面前露出心中的波動。她們也毫無察覺，搭了部計程車朝八卦樓去了。我看著她高雅的背影，心中禁不住地哀傷起來。我又想著那位與她同來的年輕女士，年齡比我大不了太多，會是他什麼人？

不久之後，我再次見到了他的家人，這次來的是父子兩人。身材高大的父親頭髮雖已花白，卻仍保持著英挺的容顏與自若的神態。年輕兒子的姓名則是讓我能將他們與他聯繫在一起的線索。他的這位弟弟年紀也不比我大太多，卻有著歷經滄桑的神情。

從這位老者雍容自在的神情，我似乎可以看出，他對發生在兒子身上的這一切，必然有著了然於心的胸懷。我想到在獄中的他應該也是抱著求仁得仁，夫復何怨的心情吧！被這位老者的雍容大度所感染，我不禁也釋然了許多。

我從未見過陳映眞本人，而這對父子——他的父親與兄弟的出現，讓我內心興奮不已。我端詳了他們良久，直到他們離去，企圖從他們的容貌與樣態來揣摩出他的形象來。他們是多麼雍容高貴的一家人啊！我心中充滿崇敬與興奮。

見過他們父子之後接連幾天，我滿懷欣慰，想起八卦樓裡的他時，不再那麼悲戚。經過八卦樓時，我想到的就不只是他，而且還有他們這麼一家人了。

勝利之光——父子之間(二)

又是一個灰蒼蒼的冬日下午，已是最後一班飛機了，候機室不再人聲吵雜，時間變得十分沉重緩慢。

這時計程車載來了一些最後的旅客，從車上下來了一老一少兩個男的。老者細看之下其實並不太老，只是淒苦的神情、稀疏的頭髮與佝僂的體態讓他顯得十分衰老罷了。那個年輕的留著平頭短髮，長得倒是方頭大耳，只是蒼白的臉色加上癡肥的體態，顯露出不常運動的生活方式，看出應該是剛被放出來的，只是一時難以判斷是從那個單位。

這個年輕人看來三十歲左右，總是傻乎乎地笑著，一進候機室就用有點呆滯的眼神東瞄西看。他也坐不住，一下子站在門口向計程車司機打招呼，一下子又走到窗子旁邊對著外面發呆，像是發現了窗外什麼寶貝。那個看來是他父親的男的帶著憂愁的神情，忙著辦理出境手續，也不時回頭搜尋正四處遊走的兒子，生怕離開了他的視線。

老者在辦完手續後，就趕緊去把年輕人拉回來，兩個人一老一少找個位子坐好了。父親一隻手緊緊地抓著兒子的手，似乎怕他又跑開了。

飛機遲遲不來，荒島下午沉悶的空氣令人昏昏欲睡。整個候機室幾乎寂然無聲，就只有那位年輕人蠢蠢欲動的聲音，以及父親喃喃的安撫。最後疲倦的父親也打起盹來了。

那個年輕人繼續東張西望，看到站在檢查台背後，穿著特檢官制服的我，好像發現了什麼似的，瞪著我良久。突然間，他站了起來，擺開父親的手，大步直直向我走來，臉上還是帶著傻傻的笑容。

「我在《勝利之光》上面看過你！」他走到我面前，用手指著我大聲說著，依舊是一臉傻笑。《勝利之光》是國防部的彩頁畫刊，發行到每個連隊，每個當兵的都十分熟悉。

「是嗎？」我心存警戒地回應他。

「我在《勝利之光》上面看過你！」他再一次大聲地說，然後又呵呵呵地笑著。他那看似瞪著我的眼神並沒停留在我身上，而是穿透了我的雙瞳，落在背後無盡的虛空之中。

我一時不知如何再回應。

這時他驚醒了的父親已經跑上前來，發現他是在對機場的軍官大聲說話，嚇了一跳，趕快把他拉開，然後回頭向我再三地道歉。

「對不起！對不起！」他低聲下氣向我猛磕著頭說：「我的兒子，他只是在胡言亂語，胡言亂語。請不要介意！不要介意！」

他一邊說著，一邊將他兒子拉走，推到座椅那裡。他邊推又邊回頭向我直說著「對不起，對不起」，而他體型碩大的兒子並不頑抗，只是在被推回座位同時，也還是笑嘻嘻地回頭看著我，嘴巴吐出一些不甚清楚的話來，只聽得到「勝利之光……」的餘音。

「沒關係！沒關係！」看到他父親滿臉驚惶，一再道歉，我只能趕快回答。

我試圖展現善意，讓他放心我是不會把他的兒子扣下來不放的。他們父子倆又坐回原來的位子，這次父親把兒子的手抓得更緊了。候機室又恢復了死寂的狀態，我則企盼著這最後一班飛機趕快來到。

飛機終於來了。回程的旅客一一上來接受離境檢查，這位傻笑的年輕人由他那惶恐的父親帶上來，於是讓我有機會詢問。

「他是哪個單位出來的？」我直接但溫和地問他父親。

他父親趕忙掏出一張國防部感訓監獄的釋放證明，如我所料是個政治犯。

我來機場大半年了，很少看到有人從八卦樓或新生隊放出來。前不久那個在風災中罹難的政治犯，離開時已成骨灰。此外就只見過一位張化民先生，從八卦樓被放出來，竟是自行搭機回台，沒人來接。

「他關了多久？」我繼續追問。而這個傻笑的年輕人似乎又想開口說話了，卻被他父親拉著手示意制止。

「唉！整整十年。」他父親一邊制止他說話，一邊回答我的問題。

他父親看到我繼續探問的眼神，似乎也感受到了我的善意，繼續說：

「就是一條『知匪不報』吧！他在服役當憲兵的時候！」

我同情地點點頭，也不想再多問什麼。

我心想，「知匪不報」的罪名大概還不至於落到這荒島的感訓監獄來，或許他當時年少氣盛，或許他曾有過什麼凌雲壯志，他父親顯然不願多說。但如今，他卻已落到精神分裂只會傻笑了。

我把他們父子送上飛機，傻笑的年輕人隔著窗子對我揮手告別，我也向他揮別。他父親並不回首，低頭垂目，似乎在祈禱著這次可以安然帶著落難的兒子回家去。

「疏於動筆，內心實在愧疚得很，尤其一連接到妳兩封信之後。

GRE考古題收到了，也都做過一次，現在也不知該如何進一步準備。數學題目不難，時間也充裕，不過對我而言主要的問題在於因看不懂題目在說些什麼而耽誤時間。再則就是怕自己的粗心大意，很多計算部分不能算準。英文部分則實在非我所能駕馭了，盡力而爲就是。

明天將會送上報考GRE的請假單，希望沒問題。十四日上午在台南一考完，我就馬上北上。回台北再談！

一九七四年十二月八日上午，綠島」

「今早才回到這兒。

前天晚上九點半到高雄，在街上晃了一下，搭十一點的夜車到台東，一路昏睡，骨頭瘦死了。到了台東才知道十七日起飛機就停航了，十八日風還是太大。這時才恨自己沒留意氣象報告，超過七級風飛機就不敢飛了。

昨天在台東白天還是昏睡，下午睡醒後翻看妳的日記，竟也心有戚戚焉。我是一邊禁不住地一口氣讀完它，一邊萬分惶恐於自己近來的自我疏離。不管妳日常生活如何，至少妳記日記的精神與意志令我感動，我依稀可描摹出許多熟悉的影像，又似乎看見一逐漸成形的理想。

另外一點引我自咎的是，這次回北，體驗到妳不斷自我修正後更爲完美的性格，我想不用我多言，妳當有充分自覺，而我竟自慚形穢了。妳的日記我會一讀再讀，當作一種親炙，也當作一種鞭策。

今天一回來馬上要應付三天來累積的航班，再趕去理髮回部銷假，晚上又有訪客。本想好好寫封信，無奈燈已熄，明天又得趕早，明天再談吧。

一九七四年十二月十九日深夜，綠島」

腸斷天涯

「近來正在學著在情緒上免於對此地有任何介入。昨晚我在日記上寫道：必須甘於捨棄很多物質上、人情上、面子上的舒適，才能使我免於麻煩與困擾。這可說是社會經驗的初步，記得金容沃來信提過，要我切勿把心神放在此地。役期還有七個多月，也是我進一步鍛鍊的機會。

回來後立刻面臨長官找麻煩，在我假期中，我的同事很不幸地被坑了一筆，令他沮喪不已。雖然我有幸避開，但餘波蕩漾。不過我是學會裝瘋賣傻了。這一切說來話長，我只能告訴妳，我雖努力去超脫疏離，卻也不免於心寒與義憤塡膺。我們面臨的是極爲醜陋的事，妳知道口蜜腹劍、落井下石這些話，而今我總算親身體會了。

妳的日記我又重讀了一遍。妳的眞誠令我感動極了，妳的日記竟成了我在此地唯一的避難所。

今晚冬至，從早上起就在想著湯圓吃，不過卻沒抱任何期待。沒想到晚上居然有兩個女孩送來了湯圓，一下吞了三十多個。……

一九七四年十二月廿二日晚，綠島」

「今晚是聖誕夜，外邊風雨交加，我在屋內胡思亂想，思索自己的問題，也在想著不知是否有人邀妳參加舞會，或許妳也是一個人寂寞地K書，或許你家熱鬧得很，干擾了妳的功課。我不停地在問著自己，爲什麼不能沉浸於哲學思辨的心境裡？爲什麼要選擇哲學？我不能篤定地安下心來做事，只有胡亂寫下一些自省，釐清一下自己的各種心態，訂一些如何處事的準則。

想到明年此時或許已在異邦，心中就會惶恐萬分。平常是不會去正視這事的，偶而要面對了，也常是目瞪口呆，不知所措。在愧疚之下，也慶幸有妳在督促我、幫著我，不然恐怕到現在還是毫無頭緒與行動呢！

一九七四年十二月廿四日晚，綠島」

「……

我們目前都面臨同樣的問題，不知道自己爲何選擇某門知識來念。昨晚我沉思良久，雖尚不能很明確地掌握到什麼，但至少肯定了一些自己想走的路。譬如想讀哲學研究所這念頭，我還是覺得很可行，而這並不意味著要過一個學院生涯，只代表著我的一個短程目標。

目前我對現實世界是不可能有所介入的，我能採取什麼行動嗎？以前我一直爲此所困，在知與實踐的 paradox 中游移，以爲若缺乏某種形式的實踐，生命即是苟活，即是令人難堪的。更可嘆的是所謂某種形式的實踐，譬如政治的，往往只是肇因於自己內在的不安與不成型。我仍相信知的發展與實踐的配合，而且唯有在自己眞誠地掌握到知，才有實踐的自然衍發。我已自行割離了諸多夢幻，如成爲一個活躍的行動者。以前太爲十九世紀的革命者所震撼了，而且只看到一些能站出在戲台上的，總之自己之內在，根深蒂固的恐懼感使我極容易被任何輪廓鮮明的典型所壓倒。

那爲何要讀哲學呢？我覺得這也是很自然的事，我一直未能完全肯定其他人文學科，我喜歡概括出普遍原則，喜歡探究到終極問題，而哲學本身就是這樣的工作，以其探討的型態而言是較能趨近我所要的眞相的。……

一九七四年十二月廿六日晚，綠島」

「最近幾天，除了正常讀書外，還是一直爲出路所困。做一個較明確卻微小的角色，我是可全然接受的。我對生命的寄託已不在『我要成爲什麼』上，而在『我如何成爲』上。以前我非理性地受制於想成爲一個風雲際會或帶動時代的大人物這念頭，而現在我並非較知足，只是想要求自己如何好好完成自己想完成與應完成的事。由於處在這心境中，我在處理事情上比以前自在許多。

前天兩位台大人浪跡到此，聽他們說《大學新聞》被停刊了，我還是免不了憤怒與感傷。……

一九七四年十二月廿九日晚，綠島」

冬至戀情

十二月中旬我又請准了假，回台灣參加GRE考試，這是申請美國大學研究所必需的。考過這個試，我就可開始全心放在申請學校的事情上了。

考完GRE回到荒島，到了下旬的冬至那天，想起明年這時可能將是身處異邦，這些節日恐怕都將無緣度過，竟就思念起湯圓的滋味來了。而到了晚上竟然就有兩位女孩送來了一鍋湯圓，是台灣式不包餡的紅白小湯圓，讓我們兩位特檢官大受感動。我狼吞虎嚥，一下子吃了三十多個，稍解思鄉之情。

這兩位女孩是中寮村鄉民的女兒，來自荒島算是不錯的家庭，最近不久前才出現在機場的。而其中一位陳小姐的出現確實令人眼睛一亮，因爲我們平常在荒島上看多了上山下海的勞動婦女，她則長得白淨飄逸，還戴副眼鏡、文質彬彬，像一位還在都市學校讀書的有氣質的女生。

陳小姐其實已經與父母一家人搬去台灣了，原來是在台灣讀書工作的，最近因爲回來與祖父母暫住一段日子，才會出現在荒島機場。她的老家就在離機場不遠中寮村的一條小路上，有一個蠻體面的小三合院，算是荒島上的中產之家。她正値青春年華，喜好文藝，也開朗大方，對未來充滿期許，那陣子有時會來到機場找我們談天。在孤島的荒涼中，能與這麼一位二八佳人談文說藝，眞是一件愉悅的事。而我的特檢官同事劉少尉，對於我們曾答應要負起照顧之責的小學女老師一個也不感興趣，這次陳小姐的出現卻讓他動了心。

劉少尉對陳小姐是一見鍾情，沒認識多久就茶飯不思。尤其這天晚上她又親自送來一鍋湯圓，更是令人輾轉難寐。這是劉的初戀，多日來他就如此魂不守舍，經常摩托車一騎，就去找陳小姐約會談天，然而內向的他卻不敢有進一步的表示。

眼看陳小姐待在老家裡的日子將盡，他急得找我討論如何是好，我只能慫恿他寫封情書直接表明，並答應幫他傳遞。這方式也正中劉的下懷，整個心都已在燃燒的他實在也難以步步爲營、慢慢進攻。他費了一番心思寫好之後封起來不讓我看，顯然將他的愛慕之情完全傾洩在信紙上。

在一個清涼的冬夜，我懷裡揣著這封情書，騎上摩托車，又是轟隆地穿過中寮村的小路，開進陳小姐家的三合院。陳小姐也遠遠聽到這熟悉的摩托車聲，早已走出來站在院子裡相迎。她卻有些驚訝地看到是我。然後在看到我從懷中拿出一封信來遞給她後，才倩然一笑地接了。而我這信差也二話不說，調轉車頭，一陣煙地溜了。

那兩天劉特檢官不敢去找她，心裡卻是七上八下。而她也沒再出現在機場，卻來了一封信。這封信委婉地拒絕了劉的示愛，讓劉又是神魂顛倒，傷心了好一陣子才恢復正常。而這時陳小姐也過完了待在荒島老家的悠閒日子，回台灣去了。

脂粉迷情

高太太對我們平常在機場幫她維持秩序相當感激，不時就想請吃飯，邀我們去她家吃這裡土產的龍蝦大餐。我們兩位預官在這方面謹小愼微，認爲機場秩序的維持本是我們分內之事，而非特定要圖利於她，絕對不想因請客吃飯一事落人口實，也就一再婉拒。她也就老是叨念著說我們兩位特檢官眞難請得動！

中秋前夕的中校事件之後，高太太就堅持非請我們吃一頓飯不行了。我們礙於人情，也就勉強答應了這麼一次，但也是拖到了仲冬的年底才約定一個晚上到她家去。快到那天，高太太突然緊張兮兮地要我們不要講出去，尤其是不要讓那個指揮部的胡森泉知道。這個要求本來就是我們所希望的，這種事最好不要張揚，只是不知道她如何招惹了那個胡森泉。

胡森泉是專修班出身的年輕中尉軍官，看來有點家世，卻不知何故被貶到荒島來。大概是憑著家裡的背景，他沒被下放到隊部，待在指揮部掛個閒官職，成天無所事事。有時甚至會看到他坐在副指揮官的吉普車上，飛馳而過。他有著一張粉嫩的臉孔與狎暱的眼神，雖然身著筆挺軍服，皮鞋擦得油亮，卻甚少看過他戴上軍帽，總是讓鬆蓬的頭髮在頭上飄著。再加上伶牙俐齒與輕佻舉止，他就像隻花蝴蝶，到處拈花惹草，不時在機場進進出出，送往迎來，當然找上高家姊妹調情戲謔自是不在話下。他也屢屢趨身過來要與我攀交情討好處，我卻覺得他吊兒郎當，是個麻煩，經常不給他好臉色看，也因此頗得罪了他。

這個風流俊俏的年輕軍官在荒島上有個相好的，卻是個快到中年的游太太。這位游太太當然不是本地鄉民，也是渡海來到荒島討生活的，在鄉公所做事。她也是屬於風韻猶存的那一種，雖背著個太太的名分，但據說已經和在台灣的那位游先生分居許久，手頭倒有一點積蓄。

她與胡森泉的關係很不平衡，一個已過青春年華的寂寞婦人與一個花心的小白臉在一起，即使她對他到處拈花惹草的行爲採取睜一眼閉一眼的態度，大家總覺得他們只是露水情緣，都不看好。

機場的高太太對於胡森泉的騷擾總是盡量敷衍，也小心提防他越雷池一步，覬覦高家小妹來。她這次擺宴席請我們的事卻不知怎地讓胡森泉嗅到了，胡森泉就像隻蒼蠅一樣黏著她打探，以致她要我們不要張揚出去。到了那天，航班一早就飛完了，高太太靈機一動，將宴席從晚上移到中午。顯然她還是在提防著胡森泉，而這整個上午我們都不曾看到他出現。

高太太這樣的提心吊膽頗讓我們感到窩囊，但本來這頓飯就不是我們自己要來的，也就不太介意。中午時刻，我們靜悄悄地來到中寮村的高家，席上只有四個人——我們兩個特檢官與高家姊妹。高太太熱情地端出龍蝦，以及其他土產的山珍海味，擺滿了一桌。高家小妹也高興地幫我們敬菸勸酒。

我們邊吃邊談荒島種種，外頭突然傳來一聲尖叫：

「高太太！」

高太太聽了一驚，正想出去探看，那人已經穿堂入室，不請自來走進餐廳了，正是胡森泉這傢伙。

「嘿！高太太，你在請特檢官吃龍蝦，不請我啊！」他眼睛搜尋著桌上的菜餚，提高聲調嚷著，然後就大刺刺地要自行搬張椅子坐下來。高太太顯得很無奈，只好陪笑說：

「長官啊！不好意思啦！我們今天只請特檢官呢！改天再請你好嗎？」

「改天的事改天再說，今天我當陪客。特檢官你們說是不是呀？」他嘻皮笑臉地看著我們，一副挑釁的樣子。然後拿起酒瓶，要找杯子自行倒酒。

我在一旁原本按捺著，卻越看越不順眼，於是板起面孔，嚴辭以對：

「唉！胡森泉！你少來這一套！今天可沒有人請你來唷！」

「哼！我不受歡迎？好吧！你們特檢官有特權，躲在這裡接受招待，還有漂亮的小姐作陪呢！」他嘻皮笑臉瞄著高家小妹說著。

「你趕快走吧！」我不為所動地說。他聽了臉色一沉，接著說：

「不歡迎我？哼！誰知道你們在幹什麼勾當啊？我回指揮部報告去。」

他有點惱羞成怒了，但卻也識相地站了起來。劉少尉則生氣地跳了起來，指著他說：「你胡說什麼？有種你就去報告，我還怕你嗎？」

高太太見我們雙方槓起來了，忙著要打圓場，高家小妹委屈地在一旁皺著眉頭，而胡森泉見我們兩位沒有絲毫退讓的跡象，洩氣得像隻挫敗的公雞，頭也不回轉身就走了。

這餐盛宴經過胡森泉這麼一搗亂，也只好匆匆結束。不過我們倒不擔心他會去打小報告，他有著太多把柄讓人給抓著！那天中午的難堪只能讓他溜到情婦那邊去得些慰藉與補償。

此後胡森泉就不再出現在機場了。過了不久，他接到調職令，調到台北地區，這恐怕也是他那有背景的家裡幫他運作來的。再不久，游太太辭掉了鄉公所的工作，離開荒島，竟然過海追著她的年輕情郎到台北去了。

後來我們聽到的消息是，她被胡森泉拋棄，人財兩空。

泥水恩情

這是蕭瑟冬日的一個上午航班，這班次的旅客終於全部上了飛機，汪機長與我做好最後點交，爬上駕駛座啓動引擎，螺旋槳刹時咻咻地轉動起來，準備推向跑道一端。

入冬以來，這可是個難得的好天氣，上午的冬陽令人感覺溫馨。才不過一月初，春節還早，竟已有了春天的徵兆，吹起今年第一度的南風。我從機身退出十公尺外的距離，站開一邊等著向汪機長揮手送別，螺旋槳的聲音更加轟隆了。這是今早的第二班飛機，這班飛機的回程作業因爲一名遲到的乘客，已經拖延不少時間，汪機長急著要把飛機開回去。

今天的旅客不少，台航的高太太一早就來到機場忙碌著。迎來送往的比尋常多，候機室人聲吵雜。幾部計程車也早在外頭等著，阿玉進進出出，糾纏著高太太打探有無團體旅客，讓她的小巴士有用武之處。機場顯得一副節慶景象。

在送走了第一班飛機飛回台灣不多久，接著又飛來了第二班。我忙著進行出境作業，檢查完大部分旅客，出境名單上剩下最後的一位卻遲遲沒有出現。我向高太太催問，她一反平日的緊張模樣，狀似輕鬆地回答說「已經去叫了，就要來了」。

這班機的最後一個旅客終於出現了，原來是那位平常會拎個籃子到機場來賣零食的少婦阿菊。她脂粉不施，手裡抓著一個包袱，匆匆趕到，倉倉皇皇上了飛機。她也要到台灣去？回娘家嗎？我心裡如此猜想。

第二班的旅客終於全部上機了，我把人數向汪機長點交清楚。他爲此耽擱嘀咕了兩聲，爬上駕駛座，關上機門，啓動引擎。我則退到一邊，等著飛機滑出停機坪，而值勤的張士官長也候在一旁。

這時候從候機室那邊突然傳來一陣喧譁，我轉身一看，有個人騎著機車衝進了機場，在候機室旁負責警衛的老士官徐俊阻擋不了，托著槍在後面追趕著。而我身後小飛機的螺旋槳正轟隆轟隆地提高聲響，飛機隨時就要往前推動了。

我嚇了一跳，立刻往機車駛來的方向衝去，企圖阻擋。守在飛機旁的張士官長也緊張地跟上來，衝到我前面擺開迎戰的架勢。

那是一輛 50cc 的舊機車，車子噗通噗通地沒什麼馬力。而騎在上面的那個人眼看螺旋槳轉得正急，飛機就要滑動，就迫不及待地丟下車子，用跑地衝向飛機。這時我才發現，他竟是一跛一拐地跑著。他一隻腳瘸得很嚴重，必須用手撐著膝蓋前行。跑起來身體左搖右晃得很厲害，其實只能說是急行，但還是使盡力氣衝向我們，衝向飛機。

「你想幹什麼？站住！」我大聲喝令，然而聲音卻淹沒在隆隆的引擎聲中。

「不能飛！不能飛！」他口中似在如此呼喊，一心一意往那飛機衝去，完全不理會我的命令。事出突然，張士官長竟也被他猛力推到一邊，阻擋不了，只能發出連連的咒罵。

「你不准過來！」我緊張萬分，竭力嘶喊著，然而他已經趨近眼前。

我試圖拉住他，也被他蠻力甩開，衝了過去。這時我才看清楚他竟是荒島上的那個跛腳的泥水匠火旺仔。他滿臉哀戚地撲向飛機底部，用雙臂緊緊地鉤住了飛機輪胎的支架，不停地說：「不能飛！不能飛！」

我氣急敗壞地回過身來，憤怒地咒罵起這個膽敢觸犯我機場權威的傢伙來。這時機艙裡頭顯然也發現了外頭的狀況，汪機長及時把正要往前推動的引擎關掉了。機場頓時一片寧靜，只剩下火旺仔歇斯底里的哀鳴，與我們幾個機場安全人員的咒罵聲。

「他媽的！你嚴重觸犯機場安全！你知不知道？你想幹什麼啊？我把你送交法辦！媽的！」我氣急敗壞，大聲怒罵。

但是火旺仔完全不理會我們的斥罵，用他的兩隻手臂緊緊地扣著飛機的輪架，並且嚎啕大哭起來。我們試圖用力將他的手從輪架上扳開，但他死命地銬住輪架，一點也不爲所動。

「到底怎麼回事？有話好說，我們回候機室去談談吧！怎麼樣？」我已經氣喘吁吁，企圖改採軟性的手段。但他除了號哭之外，別無反應。我從沒看過一個男人哭得這般傷心。

汪機長這時也下來探看究竟了。他無奈地嘆著氣，這班飛機看來是有得拖了。他若有所思地站在一旁，看著這男人死命抱著飛機輪架號哭的樣子，有所發現地說：

「飛機上是不是有他的什麼人啊？」

這時我才猛然想起，機上那位賣零嘴的阿菊不就是他的女人嗎？我恍然大悟，趨身往機艙上一瞧，機上的乘客都在交頭接耳，除了阿菊正低著頭，滿臉黯然，不發一語。泥水匠的哀鳴她聽得清清楚楚，她自己知道發生了什麼事。

「誒！他是怎麼回事啊？你們兩個人怎麼啦？」我嚴厲地質問她。

她還是坐在位子上動也不動，低著頭兩眼下垂，滿臉悽楚而不發一語。而她的男人還是繼續死命地緊抱輪架，悽慘號哭著。我只知道他們兩人住在一起，並不清楚他們之間的恩恩怨怨，而這次確是極清楚地，她背著火旺仔企圖出走。

目前的情況顯然是，她不下飛機的話，她的男人是不會鬆手的，因此最簡單的解決辦法是命令她下機。但是狀況顯然頗爲棘手，我並不負有干涉他人家務事的職責，也不想干涉。我也沒有剝奪她行動自由的權利，也不想剝奪。何況這個男的又是如此膽敢破壞機場安全警戒，冒犯我的權威，怎能如此輕易放了他。我陷入這麼一個兩難，心裡咒罵不迭。

然後，我看到高太太帶著開計程車的溪水，從候機室那邊看熱鬧的人群中踟躕而來。高太太無奈地向我打招呼，要我讓溪水去進行說服工作。平日總是滿嘴檳榔的溪水，長得乾瘦，年紀稍大，舉止言談較爲穩重，在那群計程車司機中有個老大的模樣。我點了點頭默許，溪水於是上前去撫慰號哭的火旺仔，同他說了一番後，就湊向還坐在機上的阿菊低聲說話。我與高太太遂站到一邊去。

「特檢官啊！眞對不起了，給你找來麻煩。」高太太一臉歉意低聲說著。

我想起今早泥水匠的女人的遲到，以及當時高太太若無其事的樣子，遂發現到這原來是高太太與這女人的合謀，幫她避人耳目，在最後一刻才匆忙送她上機。然而泥水匠的耳目竟也不少，能讓他火速趕到機場，及時將企圖出走的女人攔截了下來。

「到底怎麼回事？」我不悅地質問高太太。

「唉呀！眞是她的命啊！我實在幫不上忙了。她實在可憐，那男人又打她打得好凶了。她好可憐啊！」我一時語塞，只好聽她娓娓道出緣由。

我原來就聽說過，阿菊早年因家境而賣身在台灣東海岸的一家風月場，而荒島的泥水匠火旺仔在一次渡海尋歡的機會認識了她。她對泥水匠很好，並不嫌棄他身上的缺陷。從此光棍的火旺仔不只從她身上得到滿足，他在荒島上孤寂的心靈也得到莫大的慰藉。東海岸的這個女人的溫柔成了他一再渡海的動機。

一年多前，已到中年還是單身的火旺仔，下了決心花掉一生積蓄將阿菊贖出。他把她帶到這荒島來同居，也沒結婚。火旺仔在荒島上到處包泥水工作，勉強維生。他有了阿菊爲伴，也算彌補了生命中的殘缺。

阿菊在荒島上除了賣點零嘴外，並沒能有其他收入，這島上的荒蕪則又讓她重拾舊癖，她喜歡賭博。而火旺仔的暴躁脾氣卻也是有名的，每次發現她去賭博就打她，直到她再也受不了，決意出走，逃離荒島。

離開荒島只有兩條路，或者搭船，或者搭飛機。然而船期不定，碼頭邊熟人也多，上船時間又極拖宕，難保不被火旺仔的耳目發現。較能成功的倒是搭飛機，何況偶而也會來賭局湊一腳的高太太也是同情她的。想到這一層，她遂找上了高太太。高太太雖然同情她，但幫她離家出走可不是鬧著玩的，也擔心火旺仔會有什麼報復之舉。在她的苦苦哀求下，軟心腸的高太太終於勉爲其難地答應幫忙。兩人串通好，時機一到還差遣阿玉去將她載來，迅速讓她登機，企圖避開鄉人耳目。

但是，火旺仔卻也早有警覺，知道他的女人企圖離家出走，因而也極爲留神她的舉動與去向。即使每天一早就要到工地去，他也會神經兮兮地回到家來張望。而機場附近也有願意充當他耳目的人。

這些天來，火旺仔就如此神經緊張地過著。終於在今天早上，他發現阿菊眞的跑了。而他一生的寄望似乎也將從此幻滅，也就拚命趕到機場，衝過警衛，不顧一切地抱住飛機輪架，嚎啕大哭起來了。

「她被打得好慘喔！特檢官，你知道嗎？」高太太幽幽地說著，試圖舒緩我的怒氣。

我看著溪水還在勸著坐在飛機上的阿菊，心中同時盤算著如何處置這件「飛安」事件。而那泥水匠的哀號聲則已減弱許多，開始夾雜著啜泣。

面對高太太的求情，我板著臉不發一語，雖然氣已消了一大半。我心裡想著，這件事很可能傳回指揮部，我能不寫個報告回去嗎？然而我如何能處置這對苦命鴛鴦？

就在這個令人心思混亂的當兒，阿菊在溪水的勸說下終於下了飛機。她皺著眉頭，緊抱著那個小包袱，跟著高太太走回候機室。而這時泥水匠看到了他的女人下了機，也鬆開了緊抱著飛機輪架的雙臂，整個人癱在地上啜泣，好一陣子才又在溪水的半拖半帶下，跟著離開停機坪。

面對這些變化，我手足無措，暫時失去了對這些鬧事鄉民採取行動的能力。而高太太則迅速安排了一個補位的乘客，匆忙上了飛機。汪機長嘆了一大口氣，爬回他的駕駛座，今早這班飛機終於可以順利起飛了。

我送走了這班飛機，在走回機場航站時，心中還在盤算著如何寫這份報告，突然遠遠發現有兩個人蹲坐在航站小屋背後的牆角。仔細一看，正是火旺仔與溪水這兩個人，火旺仔把頭埋在雙臂裡，顯然還在哀傷地哭著，而溪水則以大哥的姿態對他諄諄勸說著什麼。我心頭一緊，別過臉裝著沒看見，也決定不寫這份惱人的報告了。

這天下午，阿玉載客回到機場，竟帶來了很多野百合。她說是在山上摘來的，顯然今天載到了上山的遊客。高太太和她一起找來幾個瓶子把花插上，擺在各個角落，花香瀰漫了整個航站小屋。

高太太和阿玉對今天早上發生的事並不願多談，即使我多次追問。雖然我知道她們極為同情阿菊的遭遇，但這或許只是她們陰晴圓缺人生中的小插曲。阿玉似乎知道我的困惑，回頭向我說了一句「當過兵的男孩會長大許多的」，頓時讓我咀嚼良久。

隔幾天的週末皮鞋來串門子，他還帶著阿玉的一個小孩來。我逗著這小孩玩，不經意地談起小孩謎樣的母親。皮鞋語帶曖昧，我似懂非懂，不想多問，卻覺得她有如一株風中孤挺的荒島野百合。

「……

我有個終極問題，如果我只求為自己而活，那會是怎麼樣的一種活法呢？其實我是很孤寂地想逃離純是自我中心的狀態，我願自己是為父母而活，為妳而活，為世人而活。不為別人而活，我會極端的孤絕。我不知道妳是否曾觸知我這狀態，其實我原是一個很自我中心的人，而外在世界實在太難纏了，甚至令我懷疑道德行爲是否是對的。這些paradox太多，使我有遁入孩童的純粹自我中心的傾向。

有一個問題或許妳不曾好好面對與思考過，我們一直來都很關切我們的人格樣態，如自我中心或眞誠與否，而對自己人格的理解也只能來自環境的反應。以前環境窄而單純，來到此地後環境完全不同，因此在人格的自我發現上有了很多從來不曾思考反省的東西跑出來了。純粹的自省所理解的自己常帶著自我投射的影子，常是自己想使自己如何，而非自己原是如何。若非環境變異，自己常只是閉鎖於自塑的『型』的城堡裡。學校的環境實在難以眞正認識自己，我在這裡就常自覺到有時會很貪婪、很無情，而又常找理由爲自己開脫。發現更多自己的眞相雖不免尷尬，但卻十分值得。校園裡浪漫的熱情常常只是機會主義者的間歇發作，原因在此。

妳的來信有很濃很濃的滿足感，也傳染給我了。最近數天讀哲學書還好，只是雜務過多，無能節制，一恨！

一九七五年一月七日晚，綠島」

「綠島冷得很，北風加大雨，昨夜居然睡不暖。

平常讀分析哲學固然可以給自己某種程度的知性之滿足，譬如昨晚讀羅素的一篇分析極爲清楚的論文，但畢竟還是覺得這種東西太缺衝擊性了。

最近夜裡常夢，夢到我媽，夢到暴亂，夢到武裝之圍。哈！心裡還是免不了有著造反的因子，覺得劇變即將來臨。

近來也常做著白日夢，夢著我有一棟舒適的房子，和妳住在一起。夢醒時卻會想著這又如何呢！因爲除此之外也不能多想出其他了，而若只有這樣，是會令我感到十分無根與空虛的。……

一九七五年一月十五日深夜，綠島」

「……

連日來冷冽的北風眞令人受不了，但今天一早開始卻又突然颳起強勁的南風了，搞得人頭昏腦脹。天氣如此善變。……（一月廿一日夜）

因爲今天飛機停航，所以信寄不出去，折開來多寫幾個字。昨天還是南風搞得人昏昏欲睡，今早卻又颳起北風，下起大雨來了，氣溫也陡降。鄉民的說法是農曆十二月時節南風一出現，接著而來可就不好玩了——猛暴的北風將隨之而來，並且連續數天。實在冷得很，外面又風聲呼嘯。……

一九七五年一月廿二日夜，綠島」

「……妳已進步很多，我能說的只是希望妳能更進一步地從自我中心的牢籠裡解脫，那種牢籠在我自覺是很令我感到齷齪卑微的。我並不比妳多舒展什麼。從小我就一直在爲此解脫而奮鬥，直到今天仍在奮戰不懈。

我也極自覺於自己的本位性之強，易受創性之大。或許我的人格結構傾向於狂熱，較想全有或全無地去接觸世界之故——我一直覺得我比妳狂熱、浪漫，不知妳同意否？在我的生命中，對一種全然完美和諧的愛情之追求，是具有極其重要的地位的，所以我不曾以很嚴肅的態度來說它是浪費時間。我總是覺得在生命中，除了知識豐富、能力高強、享受優渥及努力去追尋這些可欲之物外，總還需加點什麼進去。人總是需要一種安身立命的東西，一種生命的終極關懷。我的生命總必須完成些什麼，而這完成並非爲我，而是爲著非我，可能是一個人、一群人，也可能全人類，甚至所有的生靈。或許甚至包括上帝了，如果祂也是個同情的對象。在這點上我很清楚妳是較不同的，我內在的恐懼轉爲企求全宇宙的和諧，而妳內在的恐懼卻常表現出自我防衛來。

……

一九七五年一月廿四日晚，綠島」

戎馬人生

「……

目前讀書情況尚佳，快把知識論選讀《Knowledge and Meaning》讀完了。由於時間的緊迫，我目前讀書只能囫圇吞棗似地，實在沒時間對問題多加細思。可以說我現在只急於求得哲學知識，而無暇做哲學思考。論文是一篇篇讀過，有的讀得似很清楚，有的則只能消化一二，其餘只能瞥過，甚至置之不理。環境所逼，我也不認爲這樣不適當。洋鬼子搞學問，『知識』很重要，書要讀得多，注要引得多，他們善於培養知識的機器人。

……

一九七五年一月廿七日夜，綠島」

「……
實在很歉疚，明知會擾了妳的考試，還是禁不住把老錢的信寄給妳。我太沉不住氣了，寄前曾考慮萬分，卻克制不住想讓妳立刻知道這件事的衝動。我委實不是一個練達的人，太縱情了。拙於辦事，內心實在很羞愧。妳在一個具體的目標下能很精明地做好一件事，但我卻不能，那一定是我心裡有病，只可歸罪自己的情結，無能徹悟。
懷德海曾描述過一種『具體誤置之謬誤』，雖是論及思想的，但也可用來光照生命的一些型態。生命中本有一些較高之理想（屬於較抽象的），由此而衍生出一些長短期的目標（較具體的），而有人往往把這種衍生出來的具體目標當成理想本身了。我是較能免於此弊的，整個說來生命中的大理想往往太頑固了，或許這正是我拙於處理一些必要的具體瑣事的根本原因。

一九七五年一月廿八日晚，綠島」

「這兩天被派到台東來公幹，一個人悶悶地在這裡度過兩天，今天中午將搭機回綠島。在這裡終於讀完那本知識論選讀，這是早該完成的功課，不過讀完一本書總是稍可慰藉的。身邊沒有邏輯與哲學史，只有一本科學的哲學，將試著讀讀看。
去逛了書店，買了兩本書。一是《白嘉莉的演藝生涯》，寫得不好。一是《羅素自傳》，可讀性極高。讀羅素，發現他是一個很單純的人，內在實在太不複雜了，雖有一些鬥爭，但很明朗化。譬如勞倫斯罵他僞善，罵他之所以反對第一次世界大戰，只是因爲想從攻擊同儕中得到滿足。這些指責使他想自殺，但他經過一些掙扎後，卻能很釋然地『決定排除這種病態的意念』。同時他對愛情的追求也是極富赤子之心的，甚至不管對方已是有夫之婦，而且可同時與數個女人談戀愛，而無大衝突。我想這是一個主客觀都已具備大人物條件的人才能有的吧！他追求的是『愛情』本身（in itself），而非一個女人。而他必得一個換過一個，因爲對方永遠只是個女人，而非愛情本身。而且他不曾爲對方的情境操過什麼心。

我想這是那個高度文明的環境造就成的『具體誤置』吧！他的眞正對象是一個理念。從歐戰時他所從事的和平運動中，也可看出他是一個活在理念世界的人，或說理念佔優勢的人。我有點懷疑他是否會去關愛一個具體的東西——一個人或一群人。他關愛人類，但這個人類是一般化、抽象化的人類，我想這種心態正是西方高度複雜化的文明孕育出來的，是西方知識分子的表徵。馬克思又如何呢？

去關愛具體事物大致屬於凡人的世俗活動，而我現在的心態正是很傾向於這種對具體之執著。我常覺得凡夫俗子的愛憎才具眞實感，而天才如羅素者竟也不能免於這種囿呢！文化人有文化人的囿，凡夫俗子也有他們的囿，那什麼才是完人呢？羅素太單純了，不會想及這些的。

一九七五年一月卅日上午，台東」

沉重的步伐

荒島的冬日繼續颳著強勁的北風，渡船經常停駛，甚至飛機都過不來，我們則經常過著沒有青菜的斷糧日子，島上一片蕭瑟景象。

這幾天終於放晴，港口與機場都因此特別忙碌。這天已是接近黃昏時候，我送走了一整天忙碌的班機，正在屋外享受著快速西沉的暖陽，等著晚飯開伙，卻突然看到有一列人馬從南寮港口方向遠遠行進過來。

這一長列隊伍並不走馬路，而是沿著海岸土丘上的小路行進。我遠遠看不出他們的身分，以爲又是送來一批管訓隊員。在夕陽的背光下，遠看只見幢幢黑影，但又覺得不應該是新來的管訓隊員，否則都會上腳鐐的。

他們排成單一長列的隊伍緩緩行進，說是行進倒不如說拖沓著步伐走著，走上了機場旁的小土丘，繼續朝指揮部的方向前進。我走近土丘一看，才發現是一列身穿綠色陸軍制服的老兵，個個神色抑鬱。我甚覺詫異，因爲這荒島上並沒有陸軍的駐紮啊！土丘後面即是機場警備隊的營舍，我立刻找到王士官長詢問是怎麼一回事，他顯然知道情況，落寞地回答說：

「他們是剛從陸軍部隊調到警備隊來的。」

「怎麼會有這樣大規模的調動呢？」我看著這一長列幾乎不見首尾的老兵隊伍，納悶地問著。

「他們原來都是要在今年退伍的老士官嘛！不知怎麼回事，國防部突然下了道命令，將他們全部升爲士官長，延長役期，並且全部都調到警備隊來。他們這些是分配到我們指揮部來的。」已經身掛士官長的王班長看著這麼一列長隊伍，心有戚戚焉地說著。

難怪這些老兵是滿臉的抑鬱不悅，未能及時退伍就已是令人不快的事，又不能留在原部隊，甚至被調到這荒島來，那就更令人難過了。

「唉！國防部那些傢伙也不知怎麼搞的？說是今年兵源短缺。他們要我們留下來繼續幹，我們也只好留下來了。」王士官長無奈地說，彷彿這項措施也會影響到他自己的退役時間。

退伍的想望深藏在每個老兵的心裡。雖已是一大把年紀，然而終於能出來做個獨立自在的人，還是有如一種新生的喜悅吧！如今這個想望對這隊老兵卻還得等上幾年才能實現。

他們搭海軍運輸艇在南寮漁港上岸，不走大路，而沿著海邊這條小土徑行進，一路行經他們即將把守的海岸線，再行進到指揮部報到。這列愁容滿面的老兵一個個從我身旁走過，令人感覺到他們步履的萬般沉重，而西沉的夕陽把他們的身影照得更長了，映在土丘旁的機場跑道上，幢幢黑影緩緩移動著。

女兒的笑容

一九七五年初，酒鬼徐俊終於退伍了。他本人就在警備隊，沒有受到陸軍老兵延退的影響。一月底有那麼兩天我臨時到台東公幹，恰巧就在指揮部接待站綠園門口遇見了剛退伍的他，正蹲在門口發呆。

「徐班長來幹什麼呀？」我向他打招呼。

「喔！我來關餉啊！特檢官也回台灣來啊？」他回答我，仍舊是一雙迷濛的眼神，同在機場警備隊時一樣。

徐俊原來在機場警備隊時就喜歡喝酒，雖總是醉眼朦朧，但平常值勤倒是十分認眞。那次泥水匠衝過機場安全線的事件，就是他輪值警衛的。他老邁的身體擋不住突然衝過來的摩托車，又不能拋下警衛安全線猛追上來。當時這事令他懊喪不已，時時自責。

過慣了荒島的生活，他退伍後並沒回到台灣去。荒島的日子十分單純，他仍舊經常喝得醉醺醺的，也仍舊會去賭上兩個小錢。他本來就很少渡海到台東來，每半年領取一次退伍俸卻是必要之行，他這回就是退伍後頭次渡海來關餉的。他雖然原來負責機場的警衛，但卻從來不搭飛機，都是坐船慢慢擺盪過來。

「班長要少喝點酒啊！保重身體要緊啊！」我恰巧在這裡遇見他，就再一次關照他。

「知道！知道！」他有些不耐地回答。

我向他笑了笑，說聲再見就辦我的事去了。

在台東辦完事後，與指揮部的一位年輕軍官林中尉同一班機回荒島。專修班的林中尉是四年期滿繼續留營的，長得五官端正，一臉正派，是個規規矩矩的軍官。他留在荒島，待在指揮部裡做文書工作，而沒下放到隊部。他雖然年紀不大，卻已育有三個小孩，家在台東，因而經常搭機跨海回台，看來是位顧家的好丈夫、好父親。在他多次出現機場的場合，我曾與他攀談，他的見識總讓我納悶他在社會上應是不乏出路的，何以在此屈就？

這天林中尉抱著一個小女兒搭機，我卻驚訝地發現小女孩可愛的臉上竟有個小兔唇，不禁為他感到遺憾。他倒是很自在，不以為是羞於見人之事，坦率地跟我談起兔唇的事。

「我們家有這個遺傳。」他像是在講一件客觀的事實，而我也才注意到他的上唇也有著那麼一道輕輕的疤痕。

「老大老二都已經動過手術，小女兒還太小，醫生說等明年就可以了。」他邊說邊憐愛地看著兔唇的小女兒，期待的神情表露無遺。我為他感到欣慰，卻不知如何回應，隨便問道：

「你們是在哪裡動的手術？」

「都在台灣的軍醫院。」他頓了一下，又說：「這也是我繼續留營的原因，至少能把我小孩子的兔唇都治好。」

接著花蓮人的林中尉向我說明，待在部隊，他家庭尤其是這幾個兔唇的小孩，可以因此得到免費又安全的醫治，是他退伍後不再能享受的。然後他邊搖邊逗起懷抱中的小女兒，連聲問說：

「是不是？我們再過一下子就可以去把嘴唇補起來了。小咪也可以跟姊姊長得一樣漂亮了。是不是？」

小女孩被他逗得咧嘴而笑，而他也幸福地微笑著，似乎看到了小女兒將來如他那樣，有張五官端正的美麗笑容。

大將之風

延退老兵的登陸徒增荒島冬日的蕭瑟與抑鬱。然而與此同時的有一天，卻又突然出現了一個令人耳目一新的景象，荒島來了一支年輕部隊，以及一位年輕英俊的軍官。

他們一來就引人注目，尤其是這位年輕軍官章隊長。他有著一八〇公分高的身材，一張英挺正氣的面孔，又是獨當一面的帶隊官。他是這荒島新近成立的一支海上警備隊的隊長，整個部隊剛從台灣調過來。

那幾年開始不知是何原因，原來只負責陸地與海岸的警備部隊，有了海上警備的需求，而荒島就在那時也配置了一個分隊，相當於一個排的兵力。這個新成立的海上警備隊在一九七五年初的冬天來到荒島，可成了一件大事情，不是因爲它加強了荒島的軍備，而竟是一件熱鬧風光的社會新聞。他們是清一色的年輕官兵，個個穿著筆挺的深藍軍裝，這就先令人耳目一新了，而帶隊的竟然是如此一個帥哥。此外，他們所配置的裝備，除了隊長使用的嶄新軍用摩托車外，還包括幾艘十分新穎的摩托快艇，更是令人眼睛一亮。這麼樣的一支部隊與荒島原來的景象是不太搭調的。

這支年輕而充滿朝氣的部隊，爲荒島在囚犯與老兵之餘添增了清新的形象，而他們年輕英俊的章隊長，一來到荒島也即刻展開拜會活動。他除了先要去指揮部向指揮官報到外，也到鄉公所、學校、監獄、漁會各單位去拜碼頭，當然也沒漏掉機場。他雖然還年輕，卻已有著大方的氣派與親民的作風，四處與人爲善，即刻在鄉民社會引起轟動。

他雖然只是一個官拜中尉的小小隊長，談起話來卻有若身負重任的守疆大將。他們這部隊才來沒多久，就碰上總部的一位大長官來荒島視察。在指揮部召開的榮團會上，大半軍官都緘默無言，而這位年輕的章隊長卻落落大方上台慷慨陳辭，提出興革建言。他這種獨當一面的大將之風，自然得到了總部長官的讚賞，然而，在體制上他們雖不直屬荒島的指揮部，地緣上卻還是要接受指揮部的節制的，因此他儘管是個獨立單位的帶隊官，所透露的這麼個獨立自主的氣息就不免在指揮部裡引起側目與妒恨了。

這支海上警備隊來到荒島，暫時進駐到海防部隊的一處舊營房，等著位於中寮附近一個小海灣的新營區的興建。這群年輕官兵新到荒島即四處探索，到處可見他們的身影。而就在過了春節，這個小部隊暫時駐紮妥當的一個月後，正值學校年初的寒假期間，章隊長的女朋友也搭機來到荒島遊玩。他很高興地騎上嶄新的摩托車，載著漂亮的女友上山下海，遊歷荒島的景點。這對俊男美女自然又成了鄉民的愉悅話題，也勾動其他年輕軍官的欣羨之情，更在指揮部的長官間引發議論。

這眞是一對令人羨煞的情侶。然而好事多磨，他們在一次出遊的山路上摔了車，結果把女孩的手給摔斷了。不過這似乎並沒減低他們的遊興，女孩吊著綁上石膏的手，仍舊依偎在她男友的身邊，依然綻放著青春燦爛的笑容。一直到假期結束，她還吊著綁著石膏的手，在章隊長不捨的眼神下飛回台灣。

春節之後，海上警備隊的新營房還在鳩工趕建中，而我在機場的日子卻突然變得屈指可數。春節過後我接到命令，要在一九七五年三月初回到北投復興崗報到，接受兩個星期的巡迴教官訓練。接著的四個多月，我將在台灣與金門外島各地游走演講，直到退伍前一個月才會再回到荒島來。

「……

讀《羅素自傳》，發覺紐約市立學院的哲學系水準頗高，而且 Ians Reichenbach 曾在那裡待過，不免令我心憂。Reichenbach 是邏輯實證論大本營維也納學圈中人，因此此系必很重視邏輯與數學，這是很令我猶豫之處，因爲至今我還決不定是否要全心浸淫於分析哲學的氛圍中，雖然所讀的大部分是此類書。而且在認知上也以爲這種哲學才較像樣，較能被我接受。

但分析哲學的問題卻常令我感到十分微瑣，缺乏某種生命的躍動感。我不知道當妳讀經濟學時，它的理論性與瑣碎性是否也會讓妳有此感覺。或許這只是我能力不夠將它與自己的生命勾連在一起的緣故，而非它本身即是缺乏生命感。羅素不也是長久浸淫其中嗎？然而由他的自傳得知，他也曾爲這些東西之不能與現世配合而感到洩氣呢！今晚曾一度百無聊賴，但還是沉住氣拿出 Hempel 的《Aspects of Scientific Explanation》來看，居然讀出莫大的興味。我以前讀過一點，卻毫無印象，這次重拾此書，發現可以給我更多的知性之樂趣。……

一九七五年二月一日夜，綠島」

「南風帶來了春天。這幾天太陽很大，除了睡覺還需蓋棉被外，都已換上夏裝了。風並不大，而是微微地吹著，吹得人春情蕩漾。今天從這裡看台灣萬里無雲，清楚極了，好久沒有這種日子了，想台北也該有了春天的氣息了？至少杜鵑花必已盛開，這種多得庸俗的花卻也會令人懷念呢！

今天沒接到妳的信。在我估算，妳二月一日考完試，晚上寫信，二日寄出，三日到台東，今天四日我就可接到了。不過沒有，可能妳二日才會寫信吧！

一九七五年二月四日下午，綠島」

「郵差終於送來妳的信了，還有一張生日卡。先看了卡片，心中泛起無限的甜蜜與幸福，雖然遲到了。把這張卡片左翻右看，眞有說不出的喜悅。妳不知道當我接到這卡片有多高興！先前我只希望能接到妳寫幾句祝福的話，想著妳必只能在百忙中塗上幾筆而已，那我也會很滿足的。沒想到會接到這麼充滿柔情的卡片，讓我渾身飄飄然，滿臉得意忘形之狀，沒能好好午睡。

今年將是第一次在外過年，可能也是未來多年在外過年的開始，不能回家，又見不到妳，實在難過。這是空白的一年，以後當會永遠忘掉。看了太多醜陋的事了，只想罵一聲：X！

明年，希望明年我們是在一起的。

……

一九七五年二月六日下午，綠島」

「只求妳對我輕輕一笑，

只求自己能夠強大，不拖累妳，

只求妳隨時接受我，當我回到妳身邊時。

只求妳修養充實，看到妳自立自足，是我最高興的事了。

只求妳張開雙臂迎我入懷，那我就更得意忘形了。只要妳願意與我一起奮鬥，對我而言就太多太多了。

一九七五年二月八日晚，綠島」

「就快過年了，這裡的天氣卻轉壞了，颳起北風下起雨。這裡的人似乎都變得陰鬱，好像對什麼事都不對勁。

昨天接到妳對留學前景徬徨的信，我自己竟也感到極大的無力。妳的問題不只在於客觀上的能力，……因爲生命如果只是成爲一個能力高強的人，那也是件很空虛的事，這是我一貫的感覺。成爲一個大學者與成爲一個大企業家，除了所搞的東西不同外，一樣是能力高強的典型。而生命除了這個之外，總還需要加點什麼才對。世界純粹機械的或非人的結構之根永遠是虛無，每個好的東西都會敗壞，每個強國都會衰弱，每個強人也難逃一死，到頭來一切都是無盡的空虛。這是我的觀念底層。我總覺得生命在這種情況下總該加點什麼東西才對勁。如果凱因斯只是一個構造精妙的機械人，有啥意思？

一九七五年二月九日晚，綠島」

「本以爲不能回家過年也沒什麼大不了的，這麼大了，孤單在外應是常事了。不過當吃過年夜飯，回到屋裡來後，心裡卻湧起陣陣惆悵，想著妳，想著家人，以致什麼事都做不了了。

抽著菸，思念著……，竟也感到萬分的疲倦。這是除夕夜我的情況。

一九七五年二月十日夜，綠島」

再見荒島

「先向妳說明一下我的去向，三月二日台北報到，可能二月底才能離開此地。在台北只待兩個星期，就分派各地巡迴演講了。

這幾天此地生意好得很，台航不斷把遊客送過來，卻把我們累慘了。伙食團宰了一隻豬，天天吃，以致現在只想有新鮮青菜或清涼羹湯。

要離開綠島了，沒什麼興奮，倒感到有點前途茫茫。不過想到即將脫離這頗醜惡惱人的環境，心中倒是一暢。

……

一九七五年二月十三日晚，綠島」

「……

這幾天是天天都累得倒頭便睡，台東那邊一直送觀光客過來，卻載不回去，此地整天從早吵到晚，也忘了何時曾給妳寫了信。

就快結束綠島的生活了，但由於接到命令後，幾天來一直很忙很累，也沒能好好回想與憧憬，只是覺得極不飽足，覺得很多事都還沒幹。壓抑著的悶氣平常都小心翼翼地控制著，臨到這種時候，卻不管什麼地讓它發洩出來，很多觀念上的憎恨具現成現實上的憤怒了，希望這幾天趕快過去。

一九七五年二月十七日晚，綠島」

「我的不抱樂觀似乎比較接近眞實，如今只存那麼一點希望拿到入學許可，對我們能去同一學校的企盼更屬渺不可及了。

我不知怎地把自己搞得如此負擔沉重，背負著太多互不相容的東西了。而有時眞想逃入忘我的遊戲或工作中，卻又怕自己會跌入這種自我麻痺的狀態。

最近太缺乏沉思了，離此前必須再將自己重新整飭一番，我不願把現在的心境帶到台北去。

一九七五年二月十八日晚，綠島」

「剛接到妳的電報，心裡不禁一震，以爲發生什麼事。用顫抖的手打開一看，才知道妳獲得了獎學金，不禁大快。知道妳一定很高興很高興，可以想像得出妳欣喜若狂的樣子。

此後妳當掃除陰霾，全心爲此準備。

一九七五年二月十九日上午，綠島」

「……

這幾天等著離開，設計著如何能早點走，希望能夠多點時間去看妳。不過連這點小小的希望也是極難成全的，可悲！

這幾天我常獨自到海邊或山丘散步，讓自己定定心，濾掉多少煩躁與不安。

一九七五年二月廿四日下午，綠島」

「有時我眞以爲我會躲入一個洞穴裡邊去，與妳隔絕，與外在世界隔絕，像一個沮喪而又孤獨的小孩，只活在自己所建築起來的圍牆裡邊。這種情況不是沒有過的，常是忘掉過去的一切，然後也不知道自己的現在了。

這封信只寫了這幾個字，是昨晚熄燈後寫的。

今早接到通知，明天可離營。回家後再打電話給妳。

一九七五年二月廿六日上午，綠島」

一九七五年三月初，我奉調回到北投復興崗，與四十多個同期政戰預官一起接受兩個星期的「三民主義巡迴教官」講習，接著展開四個月的巡迴演講。我被分配在雲嘉南地區的巡迴小組，到各學校、部隊與民間社區去。經由那幾年新鋪的四通八達的公路，走遍了嘉南平原各個角落，驚覺到台灣城鄉發展的巨大變化。六月時我們又全體飛到金門去巡迴一番，七月初才回到北投來結束這段巡迴演講的日子。其間還碰上了老蔣總統在四月初去世的大事件，後來我在報上讀到將有大赦的消息，心中不免念起還關在荒島的那些仁人志士。

到了這時，我申請美國研究所的事情雖小有波折，最後居然都順利完成，出國準備算是告一段落。在雲嘉南巡迴的這段期間我有更多機會回台南老家，想到退伍後即將出國，在一九七〇這個年代，一出國就將是多年羈旅異邦不得歸來，想起不免感傷，還好退伍前正在雲嘉南巡迴，可以經常回家，更經常往台北跑。

我在炎熱的七月回到荒島時，服役的日子已所剩不多，只能待在營裡等著退伍，除了早晚點名吃飯睡覺外，無啥大事。離開了四個多月的荒島，景物依舊，酷熱難當。指揮官照樣管得很嚴，還是幹得起勁，環島公路據說已經修到了溫泉。然而我已帶著退伍的心情，倒也輕鬆悠閒起來，四處找著老同袍打發時間。

每日晨昏時刻，我繼續欣賞著荒島的管樂隊，聽他們吹奏著荒腔走板的進行曲，從營區後邊走向遠處的司令台去升降旗，帶隊的依舊是那把抬頭挺胸的陸官小喇叭，而那個雲林小子還是兀自低頭吹著嗚咽的豎笛，慢半拍跟在隊伍後頭。

隊上的那兩位窩在大通鋪的「高級雇員」依舊自得地讀書、議論、散步，不理會其他人。老士官蒙古仔則搬回了小房間，顯然與輔導長和解了。皮鞋孫明節張著爽朗的大嘴唱著歌謠歡迎我回來，而隊上的其他幹部還是老樣子，沒什麼變化。

三隊的紅衛兵王朝天依舊以一身炎夏裝束——白汗衫白短褲與白襪子白球鞋，如此的跑者之姿出現各角落，身上的汗滴在曬黑的皮膚上閃閃發亮。六隊的王舜傑則帶著一向的悲憤神情向我說，這次因老蔣去世而來的大赦，還是沒有柯旗化的分。我聽了也不再有勇氣去探看他，只能想像著他那更爲哀怨的神情。而我雖沒勇氣再去探看，但總會遠遠看到他從新生隊來回福利社的身影，覺得他的腰桿子還是挺直的。

我回到機場去找劉特檢官與高太太們。機場的旅客越來越多，高家姊妹忙得不亦樂乎，阿玉多了不少觀光客的生意，還是如一株野百合孤挺玉立。而機場的那幾輛破計程車依舊勉強派上用場。機場警備隊的兩位老士官長也依然認眞地在執行勤務，泉州人陳士官則已退伍，而劉少尉卻又給我一個不幸的消息——老兵徐俊已經死了。

我想起半年前才在台東綠園見過他，驚訝地不知他出了什麼事。劉少尉既嗟嘆又憤然地說起：徐俊前不久再去台東關餉，拿了錢後又去賭博，結果把半年的餉給輸光。他一文不名回到荒島，卻又感冒發了高燒。他就去醫務室看病，醫官給了他藥吃，還另外給了他一百塊錢，要他自己去進補一下。結果他竟然拿了這一百塊錢再去買酒喝，這麼大熱天，他酒一下肚就渾身發熱。身體發熱後他又去吃冰，結果就此倒地不起，一命嗚呼。劉說完後連連搖頭嘆息。

劉少尉又提起，海上警備隊的那位英俊瀟灑的章隊長已經被撤職了。

原來，當這年春天海上警備隊的新營房終於建成時，章隊長高興地要安排一場落成典禮。他要大辦一場喜氣洋洋的宴會，於是廣發請帖邀請荒島所有的頭面人物，官民一體，準備在新營房裡辦桌，大宴賓客。

那是一九七五年，落成之宴訂在四月的中旬。然而就在這年的四月五日，老蔣總統去世了，全國官兵停止休假，當然喜宴之事也在禁止之列。然而新營房落成之宴的請帖已經發出去了，章隊長不想就此取消，他顯然不認爲老總統之喪必須哀慟到連個落成之宴也不能吃，因此並沒有取消的打算。

有人勸章隊長不要張揚，自己隊部關起門來吃一頓就算了，但他執意照常舉行。他或許覺得天高皇帝遠，一個人在此獨當一面，不會有事。他或許覺得老總統的去世也是幾年來大家預期之內的事，無須如此自綁手腳，打亂平常秩序。那天他照常開宴，即使不少指揮部的長官沒來參加。

他們風光地進駐到新營房，然而指揮部裡已經有人參了他這一筆。不久命令下來，章隊長被撤職查辦，當過的兵全部不算，從頭再來。

我聽著劉少尉向我敘述這事件，想起這位年輕隊長大將之風的作爲，想起他那摔斷了手臂、綁著石膏的美麗女友，這麼一對漂亮瀟灑的年輕男女，竟也逃不過這荒島惡靈的咒詛？

在荒島最後的日子，我沒事就走出營區大門到處閒逛，對荒島做一番最後巡禮。在嶙峋的海岸邊，我又一一檢視大大小小的水坑裡五彩班爛的海洋生物。在到處林投與蕃薯田的山上，我再度去感受來自四面八方的海風。我跨過流痲溝，想再一次走訪勵志洞，竟一時裹足不前，只能在溪口海邊遠望著山坡上荒涼有若一堆亂石的那片墳塚，默然良久，掉頭而回。

我也屢屢仰望八卦樓和那永遠緊閉的大鐵門，想著裡頭的陳映眞（我不知道他是否得到大赦）、柏楊與李敖（我只能想像著他們也關在裡頭），還有那些不知名的仁人志士。有這一年多來同處荒島、仰望同樣天空、聽著同樣潮聲，卻又無緣相見的日子，離去前我只能遙遙致以祝福與敬禮。

退伍前夕，隊上的皮鞋與李孟良來送別。我一直叨念著李孟良，希望他忍著把兵當完。前不久在別隊一位他的同期少尉就是撐不過，把所剩的最後一個過給犯了，立即遭到撤職。這時我忍不住嘮叨他兩句，他又是那般不經意地咧嘴而笑說：「沒問題啦！我會把兵當完的。」

我問起他們同夥莊進福，皮鞋說張已經準備當爸爸了，夫妻還頗恩愛。皮鞋送了我一張照片，照片上他穿著軍裝，英挺地站在一塊大岩石上面，遙望遠方。照片背面題著「勿忘綠島情深」，還俏皮地署名「日月潭的淘氣鬼」。他並向我索求那把牛角刀，他知道我再也用不著那刀子了，然而我竟捨不得給他。退伍後我浪跡天涯，這把小刀與照片就一直帶在身邊，每每睹物思情悵然不已。

一九七五年八月初，我在荒島退伍，而我不只離開荒島，也將離開台灣。離營回台這天竟又是個豔陽天，就像一年四個月之前我們從台東搭船渡海而來的天氣。不過這次我與大部分的退伍預官一樣，不再坐船而是搭飛機。我們在前一天就已卸下軍裝，交還屬於部隊的一切裝備與用品。這時我們都已換上平民服裝來到荒島的機場，拖著當初帶來的大帆布袋，只是袋子已因沒裝什麼東西而整個癟了下去。我們這一批人得分幾個班次才能全部飛回台灣，而高太太安排了我搭了頭班。

我坐上飛機，揮手向高太太她們道別，她大聲說「到美國後不要忘了我們」！老駕駛汪機長將小飛機帶到機場北端穩健地起飛，上了天空之後，我回首俯視荒島最後一眼，但見那白色耀眼的燈塔越來越遠、越來越小，終至隱沒在海面孤島的蒼茫輪廓之中。

荒島的輪廓很快隱沒，然而荒島的一切卻還在我胸中沉浮。我知道這一切在此時只能深埋心中，而不能公開言說。我也沒想要公開言說，其實在期待著即將飛渡大洋的心情下，荒島的一切，甚至台灣的一切似乎都可置諸腦後了。然而我也感覺到，荒島給我的一切，並非只是可否言說的故事，它也磨掉了我精神上的一層硬殼。原本在青少年時期基於成長的內在困頓與激力，用那些高高在上的抽象觀念、那些超越人世的道德信條以及那些烏托邦似的社會理想，所形構成的宏偉殿堂，即使經過大學畢業那年的二月風暴，基本上並未有太大動搖。而後卻突然被活生生丟到這個荒謬絕倫的荒島空間裡，處在那些卑微的、苟活的、零餘的、具體的眾生相之中，頓時讓你從廟堂之上掉到現實人間來，讓你覺察到抽象理念不能完全取代人存活的具體情境。

想到這裡，荒島所遇見的人物又一一在眼前浮現——隊員們那殺氣騰騰的目光、盤班長的飄零背影、蒙古仔彌勒般的笑臉、怡然自得的兩位「高級雇員」、皮鞋「我們埔里」的豪語、李孟良露著齒縫的笑容、柯旗化極其哀怨的眼神、吳定遠的倨傲不屈，以及那群被送進八卦樓的大學生、那個長得清秀卻自殺了的貝殼畫隊員、那個愛美的BVD隊員，還有那個陸官隊員的聰慧嘴角、蕭繼堂的無助表情、邱長豐的癟三模樣、王朝天躍躍然的姿勢、那些計程車司機不搭不齊的穿著、阿玉的甜美笑容、高家小妹的溫柔歌聲、蝴蝶女孩的活潑身影、馬小姐的漠然神情、那個朝著「勝利之光」而來的傻笑、以及雍容的陳映眞一家人。我又想起那些延退老兵的沉重步伐、年輕章隊長的大將之風、老兵徐俊的朦朧醉眼、緊追情郎而去的游太太、哭得傷心欲絕的跛腳泥水匠，當然還有山坡上的那堆荒塚、那群颱風天飛入機場小屋躲避風雨的燕子、以及日夜不息的潮聲。這些荒島的愛恨情仇在眼前一一飄過，讓我覺得這些才是一切眞實與價值最後必得回歸與檢驗的所在，我由此被迫去面對了一個赤裸的自我。在飛回台灣的這短暫的空中旅程中，我想到我或可忘掉荒島的這一切，但卻難以再躲在綺麗的、抽象的、卻又自我疏離的理想世界中了。

當我陷入如此思想的糾結中，小飛機卻很快地在台東的機場降落了。下機時汪機長向我祝福「到美國一切順利」，他的一個小孩已經去了美國留學。

回到台南老家，即刻南北奔波趕辦著各項出國手續，也到處尋找舊日老友道別。老錢早在四月退伍，由於進出警總有案在身，歷經一番波折之後，才得在七月去了英國留學，我們竟無緣道別。載爵則讀完東海大學歷史研究所，早已到南部入伍去了。我也遺憾沒能有機會再訪東海花園，向楊逵老先生報告我已從荒島平安歸來，並將出國遠行了。而這時經歷過一番極爲荒謬而粗暴的政治整肅的台大哲學系，已容不得人留戀，我也不再回到系館，只找到了一些陷入低迷困境的系裡老友來道別。

八月底出國前夕，我來到松山永吉路巷子裡的一棟公寓找到他們。我一進門，在瀰漫的煙霧與昏暗的燈光下，只見幾個人圍坐一桌，痲將打得正酣。哲學系大整肅之後，他們都不在系裡了，日子過得頗爲落寞虛無。他們看到我進來，頭也不回，繼續鏖戰方城。我坐在一旁默默看著這場鬱悶的牌局，後來終於有人開口問起我出國去念什麼，而在得知我將繼續讀哲學時，他頭也不抬說「你出去可要爲我們哲學系爭一口氣」。我突然有種即將拋棄他們的歉疚感，稍坐一會之後，悄然告別。

隔天我與宛文從松山機場搭機飛往美國。在橫越大洋的飛機上，我心想著大學畢業時原本要放棄的哲學，如今竟又成爲我申請要去就讀的學科，我只是一心一意想要離開這個有如一個大孤島的台灣，就不管要去讀的是什麼了。我帶著如此既解脫又焦慮的心情，憧憬著那個新大陸，我的心神逐漸被一種面對未知世界的焦慮與興奮所籠罩。而這一年多來在荒島上所經歷的一切、所遇見的人物，以及那竟日呦呦嚷嚷的潮聲，竟一時就在太平洋的高空氣層中隨風飄逝了。

跋

一九七五年八月底我搭機飛往美國留學，羇留北美十多年，直到解嚴之後才又回到台灣，而後又待過了解嚴後政治動盪的十多年。三十年前離開荒島、離開台灣時，原想在這荒島所經歷的一切、所遇見的人物，都將拋諸腦後，任其隨風飄逝。有很長一段日子，甚至回到台灣來之後，每當有人問起在哪裡當的兵，我隨時準備著如此回答：我在台東當兵，老兵的警備部隊，守海岸線。由於不是一般人下部隊的什麼野戰師，無啥好談的，這話題就此終止。顯然這一年多荒島的經歷曾帶給我很深的傷痛，讓我刻意壓抑如此之久。

這段近乎塵封的往事，不意卻在近年來世紀之交的諸多災難中，一一又浮現回來了。這是我在寫完《青春之歌》①，細述三十年前在我大學時代發生的台大哲學系二月風暴，及其前後相關事件，總算清理了一段歷史、傾洩出一片情懷之後，不得不繼續召喚回來的另一段深埋心中的往事。三十年來，綠島的這段往事也曾片片段段地出現在心頭，像是舊片一再重播，感覺到那些影像是越來越模糊了。大概是在去年底吧，時局的急速變化讓我驚覺到再不寫出恐怕就將永遠遺忘，遂動筆書寫。

我據以爲憑的除了那深埋心中的片段記憶之外，還有幾頁多年以前的舊筆記。在一九七九、八〇年間，台灣與大陸的時局各有著驚人的變動，我孤獨困在北加州海岸山林上的一所大學裡，在心中尋不著出路的萬般苦痛中，陷入了自我糾纏的困境。當時我僅能一邊聽著友人寄來的李雙澤錄音帶，沉浸在〈美麗島〉、〈少年中國〉等歌曲中，一邊憑著自我反思，書寫下一頁又一頁的獨白，企圖來緩解這困境。在這些塗鴉似的獨白中，竟也包含了幾頁當年荒島經歷的素描，那時離開荒島才四五年，記憶猶新，但也只是幾頁素描而已。於是從去年底開始，我憑著這幾頁素描，加上我心裡底層的沉澱，一點一滴重新尋回整個場景，當年的那些人物遂又鮮活地一一回到我的記憶中來。這是我書寫文本的主要依據。

如此書寫起來，在時序上竟像是《青春之歌》的續集，然而我發現，我並沒像書寫前書時那般抱著史筆式的孤憤心情，在荒島的這些故事裡我並不想去控訴、清算或斷言什麼，只希望去呈現一種情境、一幅眾生相、或一個較爲普世的人的處境。這或許是我過大的野心所致，竟想基於這麼一處甚爲扭曲的邊緣孤島的一段甚短的經歷，奢望可以觸摸到一些「普世價值」罷！

宛文在閱讀這麼一份文本時，想起三十年前我在服役時期寫給她的一堆信函。經她提醒，我竟很快找到被塞在櫥櫃角落的那箱舊信札。一九七五年我們聯袂出國前夕，她將我的這些信函交給老友郭譽孚保管。一九八八年我們回來台灣之後，有一天譽孚抱著一袋東西上門來，竟就是宛文十多年前交給他保管之物，原封歸還。而我那時重睹舊信，竟以爲是不堪回首之物，遂隨意找個紙箱裝入，塞到書房的一個角落，就不再理會了。又是經過十多年，還好這箱舊信隨著我們搬家，並沒丟棄，只是被我重新塞到另個角落了。

我遂找出這箱舊信，重新整理排序。發現這批信件涵蓋了我整個當兵前後的日子，從一九七三年八月我剛大學畢業回到台南等候入伍開始，到一九七五年初夏服役後期爲止，竟有兩百多封。其間還有幾段空白，想是因未知的原因丟失了。我一封封讀著三十年前寫的這些舊信，有些竟然長達二三十頁，我自己都吃了一驚。然而信雖長，卻沒料到竟然沒能找到原本期待找出的，荒島遺事文本的補充材料。在這些信裡，與綠島有關的除了自然山川天候變化外，我竟然基本上不談服役時的遭遇，大半都在扯著我們兩人的關係以及我個人困在那裡的諸種自我難題，而這即是令我不堪回首的緣由。我回想著，當年信上不提荒島之事，一方面應是害怕有洩漏軍機之嫌，另一方面我每日所遭遇的也多是些不堪聞問之事，實在難以在信上輕描淡寫，以致便不大提及了。

從舊信中找不到什麼材料，令我頗感失望，而且我又是抱著不堪回首的心情，只爲著找尋舊材料才去重讀的。然而在這勉強的過程中，我也被迫再次重新面對當年的自己，竟發現三十年來我不僅逐漸遺忘荒島上的種種經歷，也幾乎遺忘了當時的自我。從舊信中，我又是一點一滴地拼湊出當年內心的活動，這些東西三十年後讀起來眞覺得處處幼稚與狂妄，而當年陷入的一些自我糾纏的困境，也多處令人不堪卒讀。然而整個看起來，覺得那時還是認眞的，認眞地在找尋思想與精神上的出路，而其中的歡樂與掙扎也是眞實的，遂讓我珍惜這個重新面對自己的機緣。

我將當年舊信重新讀過一遍，雖然找不到太多材料，卻發現這些信函本身由於是由較私密的語言組成，較無矯飾，或可提供作爲時代氛圍，有助讀者理解當年荒島以及台灣的整個環境。於是遂從中挑出一些段落，只對其中的錯別字與文法不通處進行修正潤飾，再依時序安插到每章文本前後，以不同字體印出，讓當年的獨白與今日的追憶交錯對照，算是呈現「眞實」的另一條路徑罷！

我要感謝幾位朋友：陳光興、梁其姿、文庭澍與藍博洲，他們閱過本書初稿，並且給我很寶貴的建議，讓我在最後定稿時能將原本鬆散的數條線索互相緊密勾連。也要感謝三十年來同行的吾妻宛文，除了感謝她給我的建議外，還感謝她三十年前出國時託付了那批信函，並及時提醒它的存在。這裡當然也要感謝吾友郭譽孚，他在不知道我們是否還會回台的狀況下信守託付，保管這批信函十多年並原封歸還，得以讓我有此面對三十年前自我的機會。

西元二〇〇四年十月

①《青春之歌——追憶一九七〇年代台灣左翼青年的一段如火年華》（聯經出版，二〇〇一）

文學叢書 084
INK PUBLISHING
荒島遺事

作　　者　鄭鴻生
總 編 輯　初安民
責任編輯　陳思妤
美術編輯　許秋山
校　　對　陳思妤　鄭鴻生

發 行 人　張書銘
出　　版　INK 印刻出版有限公司
台北縣中和市中正路 800 號 13 樓之 3
電話： 02-22281626
傳真： 02-22281598
e-mail:ink.book@msa.hinet.net
法律顧問　漢全國際法律事務所
林春金律師

總 經 銷　成陽出版股份有限公司
訂購電話： 03-3589000
訂購傳真： 03-3581688
http://www.sudu.cc
郵政劃撥　19000691 成陽出版股份有限公司
印　　刷　海王印刷事業股份有限公司

出版日期　2005 年 3 月 初版
ISBN 986-7420-56-X
定價　260 元

國家圖書館出版品預行編目資料

荒島遺事／鄭鴻生 著.－－初版,
－－臺北縣中和市： INK 印刻,
2005〔民 94〕面 ；　公分（文學叢書 ； 84）

ISBN 986-7420-56-X（平裝）

855　　94002017

INK